王文仁

2023.2

閱讀寫作公開課

大學老師神救援，國文上課不無聊！

王文仁 著

目錄

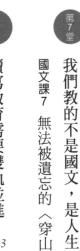

自序

十八堂「新媒體時代」的跨領域國文課

從讀博士班時開始兼課，到成為科大的專任教授，我教授國文與通識課已經有十五年的時間。今年二月初，有感於「新媒體時代」讀寫能力的重要性，我在臉書上頻繁發文，談對高教現場的觀察，也談現今的國語文教育問題。〈我是國文老師，我討厭國文默寫〉、〈關於寫作教育的三個問題〉、〈關於讀寫教育的八問八答〉、〈不要讀人文學科好嗎？〉、〈你的學歷，不過是一張薄薄的入場券〉這些文章，貼出後引起臉友們的熱烈迴響，〈現今大學生的六個觀察〉一文還被網路媒體《太報》轉載，也讓我有了書寫一本閱讀、寫作專書的念頭。

身為一位科大，且擁有商管證照的跨領域國文老師，一開始在規畫這本書時，我就不打算只是高談闊論；而是希望寫出能反映技職學生生活，又可以兼具「實用性」與「即戰力」的代表作。因此在設計上，便以一學期十八週為要，透過校園、愛情、職場、人生等課題的描繪，加之以閱讀、寫作議題的探討和實作演練，完成「生命教育」、「文學教育」雙軌並進的十八堂國文課。

這十八堂課的閱讀文本，有取材於單篇作品者，像是春秋時代孔安國寫的〈顏回偷食〉、戰國時代鶡冠子的〈魏王問扁鵲〉、今人柏楊〈穿山甲人〉、王文華〈我的生日禮物〉等。有取材於整本書者，如李忠憲教授的《隱性反骨》、高詩佳《寫作課》、祁立峰《亂世生存遊戲》、吳均龐刻畫商管世界的《銀光盔甲》、日人沼田憲男《寫出有溫度的文章》、韓人金鍾沅《一天一篇人文閱讀，養出心智強大的孩子》、安奈特・西蒙斯（Annette Simmons）享譽全球的大作《說故事的力量》，以及米奇・艾爾邦（Mitch Albom）書寫死亡的《最後十四堂星期二的課》。

在這個數位、網路交織而成的「新媒體時代」，圖像和影像的解讀能力也非常重要，課堂中也大量取材自廣告，像是〈泰國逆天廣告：菜市場包租婆——不要僅憑一面之詞評判別人〉、〈日本音樂學校 TOSANDO music 廣告：婚宴篇〉、〈泰國洗髮精廣告：你會閃亮〉、7-ELEVEN《單身教我的七件事》系列廣告、統一〈小時光麵館系列：第四話陽光佐夏威夷炒麵〉、英國行銷顧問公司「Purple Feather（紫羽）」拍攝的〈Change your words,Change your world〉。同時，也有「火星爺爺」許榮宏〈別只看「沒有」，向你的困境借東西〉、英國奧美集團副總監 Rory Sutherland〈一個廣告人的生命啟示〉等強調表達力、故事力的演講短片。

穿插與交織在這些文本裡的，是一個又一個大學校園裡的故事。這些故事有的是親身經歷，有的則來自於新聞報導，不管怎麼樣，我都做了些許改寫，既要避免造成「對號入座」的誤解，也要讓故事可以更加的吸睛。這些年來在教學上，我給自己的定位是：成為一名閱讀、寫作與生命教育的推動者。一方面致力於啟發學生理解，「閱讀力」、「寫作力」、「故事力」在這個社群時代的重要性；另一方面也透過具實用性的練習和遊戲設計，砥礪學生在課堂內外的思辨和討論中，變得更有「思考力」、「表達力」與「創造力」。

這本書的完成，要感謝許多人。最該感謝的，當然是我的學生，是他們教育了我：「當老師，讓我成為一個更好的人。」然後，也要獻給一同致力於推動閱讀、寫作與生命教育的師友們，這條路雖然走得辛苦，但是我們絕不孤單！

推薦序

置之死地而「厚森」，要你當個明白人！

楊斯棓

學生時代的國文課，總覺得老師闡述枯燥煩悶，要人默寫加倍殘忍。也許是舊時代包袱，我們那時的課文，在地連結太弱，不易讓人有共鳴，遑論大腦做體操。

若吃慣麵衣厚重的天婦羅，可能誤以為麵衣若薄如蟬翼，就非正統天婦羅。若吃慣了腥臭濃重的海膽，哪一天嘗了一口聖塔芭芭拉的海膽，可能還不敢相信剛剛吃下了什麼。

過往落伍的文本、僵化的考試型式，若不幸再遇到呆板的教師，自然對於國文乃至閱讀任何素材都興味索然，所以不少人在確定不繼續升學之際，就扔了燒了所有課本，發誓再也不讀書。

大塊文化創辦人郝明義畢業自台大商學系，他提過一位總在安靜讀書的同學，該生在考上台大前一年，「沒上床睡過覺」，儼然懸梁刺骨的現代版，考上台大後，不是泡圖書館，就是在前往教室的路上，直到赴美後，「聲明不再讀書，認為自己的義務已了，已經對母親有所交代」。

郝明義先生在〈社會化閱讀的好處與壞處〉一文提及天下雜誌訪問前台北市長郝龍斌，郝市長畢業自台大農化系，他說：「我印象深刻，畢業那天，坐在旁邊那位女生對我說：『今天畢業，我這輩子再也不需要讀書了。』」

回過頭想，假設本文讀者都是國文課程制定委員，我們來設計一套十二年的國文課程，前六年我們以打好地基（注音、生字、新詞、作文）為主，你認為後六年的重點要放在哪？要加強什麼？

你覺得學會在紅包上題字重不重要？親朋師長的大喜之日，包足了禮金，題字卻有別字或用錯成語，最簡單的地方卻失了禮數，你覺得冤不冤？

想邀約專業人士，無論是演講、合作或餐敘，怎麼寫邀約信成功率才會高？

我一票任職企業講師的朋友，都曾被大學生演講邀約信觸怒，無非是邀約人不具名，不說何時，沒訂主題，沒說人數，這樣竟然也可以讓一封邀約信振翅送出。

火星爺爺的經典演講：「跟沒有借東西」既是當頭棒喝，也是醍醐灌頂。

「跟沒有借東西」既可以自我檢視，也可以檢視它人，藉此記取教訓，切莫再犯。

不諳邀約訣竅的大學生寫信給講者「沒有」什麼：去信沒有邀約人名字、沒有說明演講的時間地點、沒有說明演講主題、沒有揭露與會者的人數及組成、沒有提及演講場地是否位處偏遠，給予講者什麼程度的交通支援、甚至連講師費也付之闕如。

反過來想就很簡單了，成功的邀約信，其實也就只是把人事時地物講清楚。

如果你說國文課是一門讓我們學著把意思表達清楚的課，我也完全同意。先求清楚，才能練達。

人：邀約人得自我介紹，不寫錯講者頭銜、名字只是最基本要求。

事：演講主題是什麼，為什麼當下選擇這個主題？

時：哪一天要進行？演講及QA時間各多長？

地：場地在哪？計程車能否駛入？有沒有電梯？當天學校有沒有安排洗水塔？（有的話，可能冷氣就不能開，冬天便罷，夏天午後，保證大家叫苦連天，淚汗俱如雨下）

物：飲水、點心、器材以及講師費（主辦單位一定要準備，決定收或不收的是講者。主辦方不能用公益為名拗人免費，這是情感綁架，既非公益，更不公不義）。

寫好一封邀約信，只是一道最簡單的國文應用題。

本書是王老師「新媒體時代」跨領域國文課十八堂的教案分享，讀者應該邊讀邊換位思考，自我挑戰設計出跟王老師一樣精采的教案。

台諺云：「有狀元學生，無狀元先生」。

您的反芻若虛應故事，王老師一定有：「七日不見，如隔一週」之感。

您的反芻若精采出眾，王老師一定視您為國文界的高玩，高級玩家也！

（本文作者為醫師、《人生路引》作者）

推薦序

讓學生不想下課的國文課

高詩佳

國文課到底要怎麼上，才能夠生動又有趣？怎樣的課程設計，才符合現今對於閱讀與寫作素養的要求？新媒體時代的國文課，應該還要再加入哪些元素？這些問題，應該是許多教授這類課程的老師們，心中共同的疑問。

我從事國語文教育已近二十年，出版了二十多本相關的書籍，也在國小至大專院校從事師資培訓的工作，長期以來，我始終認為，語文和文學的學習，除了必須講究讀／寫並進之外，也有賴於老師們對課堂精心的設計與安排，藉由遊戲化、故事化、步驟化等方式，讓學生們能夠快樂學習、輕鬆收穫。

王文仁教授是一位科大的國文教師，他的這本《閱讀寫作公開課：大學老師神救援，國文上課不無聊！》正是藉由讀／寫雙軌並行的方式，來呈現跨領域的十八堂新媒體時代國文課，完全符合108課綱的精神。書中每一課的開始，是一則課堂或校園裡的故事，這些文章反映諸多大學課堂上無法忽略的現象，諸如：「現今大學生的六個觀察」、「大學是職業訓練所嗎？」「你的學歷，不過是一張薄薄的入場券」「今天，你想來份工作嗎？」同時，王老師也為人文學科與國語文教育發聲，像是「不要讀人文學科好嗎？」「想要學好外文，必須先學好中文！」「讀寫教育需要雙軌並進」等等，為國語文教育提出不少重要的觀察和解方。

與上述這些短文相應的，是王老師精心設計的十八堂國文課。這些課程打破傳統紙本閱讀的束縛，其素材含括了單篇短文、一本書、數支廣告或一場短講影片等等，可說是名符其實的「跨媒體國文課」。王老師精擅於不同跨媒體表現形式的分析，不但讓多媒體的應用靈活生動的進入課堂之中；同時也是在教導學生，在這個新媒體時代，如何精確的掌握不同媒體的分析與解讀方式。其中，我最喜歡的是王老師對於廣告影片〈Change your words, Change your world〉的介紹與分析，讓我們知道，同樣的一句話，運用了不同的表達方式，竟然可以產生截然不同的結果，令人對語言文字的奧祕，產生更濃厚的興趣。

最後，在每一課的後面，王老師特別設計了【思辨與討論】的思考題，以及【實戰演練】的寫作題，讓學習不流於理論性的空泛。這幾年，語文教育學界掀起了一陣思辨風，閱讀上更強調思辨的重要性，也符合現今時代對公民素養的要求。另外，寫作對於現今的學生以及成人，都是重要、且特別需要花心力學習的應考與生存技能。這本書裡設計的寫作練習，從LINE的對話練習、新聞稿寫作、採訪寫作、E-mail 寫作、廣告分析、飲食短文到推薦文書寫等等，都具有豐富的實用性和步驟性的引導。

我相當推薦在教學現場上的老師、學生們，以及關心國語文教育、人文教育與大學教育的朋友們，可以一同來閱讀這本書，相信一定可以從其中得到不少收穫，真真正正的上一堂「讓人不想下課的國文課」。

（本文作者為作家、中文師資培訓專業講師）

第1堂

給老師寫一封求情信

大學時代，你給老師寫過求情信嗎？對學生來說，求情信是最後的機會，然而對很多老師來說，求情信就像「催命符」，避之唯恐不及。

每到期末時，身為大專老師的我們，最感到頭痛的一件事情，就是：又收到學生的求情信了！

有些學生不知道是「心知肚明」，還是「未卜先知」，老師都還在跟期末考卷奮戰，就已經寫信來求饒。最讓人感到頭痛的，還是在成績上傳、送出的隔天，開始不斷大量冒出的「陳情表」。每次，都讓我恨不得拖到成績繳交的最後一天，趕快按完「上傳」後，立刻把網路斷線，謝絕聯絡！

我知道自己是一個比較「佛心」的老師，所以在結算成績時，總是戰戰兢兢、反覆驗算，深怕一個不小心算錯或填錯欄位，會因此「誤了學生的一生」。倘若遇到不及格的情況，也會再多計算幾次，順便檢視一下學生在課堂上，是否有其他可供加分的表現，才能在及格邊緣拉他們一把。

教書越多年，越容易遇到各種讓人跌破眼鏡的情況；尤其是這幾年，學生求情的理由更是花招百出，有時也讓老師們天人交戰、好生為難。這裡，就來分享一下常見的四種案例，也提供一些應對法則，給有選擇障礙的老師們參考。

症頭一：自己生病、家人生病、男女朋友生病、寵物生病

在所有請假與求情的信件中，最常看到的理由，就是「生病」了。從自己生病、家人生

病、男女朋友生病，到寵物生病、機車生病，這些理由不知道已經聽過多少次。能夠拿得出證明的，也都還可以酌情處理，最怕的是那種難以查證，或讓人尷尬的情況。

教書多年，看過不少誇張的缺課理由，但也遇過真的情有可原，甚至是讓人掬一把同情淚的狀況。很多年以前，一次在接近期末時，突然接到某系的通知，他們系上有一位特殊的同學，需要我幫忙處理課務事宜。沒多久，我就收到了這位同學的來信：

老師您好：

我是一個罹患重大疾病的同學。剛考進學校時，因為身體狀況的緣故，很快就辦了休學。直到去年，醫生說治療已經穩定，才又回到學校讀書。一個月前，因為久咳不癒，又到醫院做檢查，沒想到病況急轉直下，如果不趕快接受治療，恐怕連命都沒有了。可是父母覺得只差一兩個月，就結束一年級，所以才拜託老師們幫忙。我因為都在接受治療的關係，不知道能不能讓我用作業取代出席和考試，順利完成這學期的學業？謝謝老師。

這位同學只來上過幾次課，沒有想到竟然是這樣的理由。我很快就回信答應了他的請求，也祝福他可以一切順利，再回學校繼續完成學業。

症頭二：我是應屆畢業生，差這門課就可以畢業了

這類求情信，也是「陳情表」裡的大宗。不斷強調「自己就要畢業了」，這世界多麼美好，就只有老師這門課「不給過」！如此一來，老師要是把他當了，豈不成為「千古罪人」？

更狠的是，我還曾經收到一位「大七」同學的來信，說他就只剩最後一個學期，如果這科沒有過，整整七年就等於是白念了。那一瞬間，我真心覺得，這根本是要挖一個十八層地獄的火坑給老師跳！

所以，後來每次開學講解課程，我都會跟學生們強調：這門通識課是選修，不是必修，如果是應屆畢業生，或者是延畢生，請務必審慎考慮。因為課堂規定不少，如果做不到又硬是要修，就要有不能畢業的打算，千萬不要到時被當了，再跑來抱怨老師沒有憐憫之心。

症頭三：我要去實習、要跑實驗室，所以才常常沒有來上課

這幾年，為了讓學生提早跟社會和職場接軌，技職體系的學校通常會在大三、大四安排實習課程，或者相關的求職活動。有時，就會遇上學生以要實習、要跑實驗室為由，希望老

師能夠通融，讓他可以不用來課堂或是幫忙銷曠。有一次，我就收到學生這樣的來信：

老師：

我真的不覺得自己應該被當。不管是個人作業，或者分組報告，我都有好好做。期中成績也不算太差，如果說有什麼缺失，就是出席的狀況，有比較不好一些。可是，這個我也是不得已的，因為要處理實習的問題，還有系上的實驗室要顧，真的是分身乏術，所以才沒來上課。還請老師見諒，放我一條生路。

這位學生的情況，平時我就有特別注意，老師們也不是真的那麼鐵石心腸。不過一開學，我就已經清楚告知，缺課超過三分之一，基本上不可能及格。結算後，這位同學缺課超過一半，自然不可能給過。

夜路走多了，還真的會遇到鬼，偶爾就會出現那種完全沒來上課，但是期中、期末考都有出現的學生。他們似乎認為，自己有來考試，考卷也不是空白，老師就應該給他們及格。這樣的想法，不知道到底是從哪裡來的？難道真的有老師是在經營「佛心事業」嗎？這也是困擾我很久的一個疑問。

症頭四：沒有寫上班級、姓名、學號，還寄錯求情信給老師

不知道是太過天真，還是已經跟不上時代，以前我都認為，寫好 E-mail，對老師禮貌性的問候，應該是很稀鬆平常的事。現在，學生們早已澈底顛覆我這樣的想法。

平時就常收到沒頭沒尾，不知道是何方神聖寫來的信件，還要老師自己回信去問，才會得到進一步的訊息。期末的時候，更多的是求了情，也不知道是誰寫來的信，不然就是超級沒禮貌，一秒惹怒老師。

如果說有什麼令人難忘的案例，就是有次收到學生寄來的求情信，結果署名是要給教音樂的K老師。好奇之下我問了同事，沒想到他也收到內容一模一樣的信，署名是要給我的。最後，我們達成一致性的共識：這位同學被當，只是剛好而已。

就因為知道老師們收到這類 E-mail，可能會有不同的反應，寫得好不好，算來也是攸關成績與生死存亡的事，我實在不願意、也不忍心，看到學生們因為魯莽，葬送自己的「幸福」。所以，這幾年在教他們寫作書信時，也會把 E-mail 的教學放進單元裡去。

我的作法是：先讓大家看一些寫得很糟糕，以及特別好的範例，指出優缺點，再提出格式與架構，供他們學習模仿。之後，利用兩題情境題，讓學生分組演練一番。完成後，當場投影出來，大家一起討論這些作品的優劣之處。透過這樣的方式，學生們雖然未必可以寫出動人的書信，但起碼訊息清楚、重視禮節，不會害自己「火上加油」。

至於那兩道練習題，其中一道，我會設計要他們練習寫「期末被當的求情信」。這不是在教他們把自己的科目搞砸了，才來跟老師求情；相反的，我要跟他們分享的是：求情要有正當理由，絕對不可以硬拗，或是故意裝可憐。同時，信裡一定要清楚說明自己上的是哪一門課，學號多少，是哪一系的哪一位同學。最重要的，措詞要誠懇、有禮貌。這樣，萬一是不小心把成績弄錯，或是真的有值得原諒的理由，老師才會趕快去處理，或者回心轉意的放你一馬啊！

國文課（1）

@我的孩子不會寫作，怎麼辦？

閱讀文本：《寫出有溫度的文章：想想「讀者是誰」，你的文章才會有溫度，能幫你晉升的商業文章，從丟掉起承轉合開始》，沼田憲男著，大是文化出版。

教學目標：引領學生認識寫作力的重要，學習寫作的方法。

昨天半夜，一位在臉書有過幾次互動的朋友，在我貼文底下留了這樣一段話：「老師好，我有一位朋友的小孩在家自學，現在已經高三了，可是寫作能力不太好，連準備升大學的『備審』資料都很吃力，請問可以怎樣補救？」

這位朋友，我想妳真的是一個非常熱心的人，才會為了朋友的孩子，夜深人靜之際，在我的臉書上留言。該說是幸運嗎？因為我不是醫師，也不會被《醫師法》管制，所以可以大膽的在這裡提供「解方」。

寫作力不足的緊箍咒

妳們遇到的情況並不是個案，現在的孩子在閱讀與寫作上，普遍都有嚴重的困擾，這個麻煩在他們上了大學之後，還是不會消失。從課堂報告、申論題寫作到專題報告，寫作力不足的緊箍咒，總像《哈利波特》裡的佛地魔（Lord Voldemort），一樣煩人！

在學校讀書的，還可以把原因推給考試，或是寫作課鐘點的不足；那些在家自學的，又為何會如此呢？說來，這是因為生活周遭，到處充斥著「語言癌」和「爛中文」，我們怎樣都很難逃脫這樣的影響。

再加上，二〇〇〇年之後出生的孩子，完全就是在影音、手遊的環境中長大，他們的生活裡除了考試，幾乎就沒有系統化的閱讀和寫作置喙的餘地。除非家長或孩子自己意識到這個問題，願意投入心力去做改變，不然這兩種能力要好，根本就是天方夜譚！

而且，很現實的，他們一直要到出了社會後，才會發現原來閱讀、寫作能力不足，其實會影響一輩子的前途與幸福。舉凡好的影音呈現，背後無一不需要好的劇本與編劇；完美的商業文書與企畫報告，缺乏精煉、有效的寫作力，就很難好好完成；難看如天書的技術報告與產品說明書，絕對會讓人讀了異常厭世；至於簡單如日常的口語表達和 E-mail 書寫，也少不了精確寫作力的使用。

拒絕成為新時代的「媒體啞巴」

在這個自媒體（We Media）時代，沒有了電視台、報紙、廣播等媒體守門人的管控，要在臉書、IG等社群媒體上發表言論，變得再容易不過。可是，當人人都能寫，也似乎都能成為作家的此刻，「寫作」這種古老的技藝，卻沒有因此相形失色，反而越來越被大家看重。就是因為，沒有好的寫作力與表達力，也等於失去了發言權，變成新時代的「媒體啞巴」！

如此說來，應該要覺得慶幸嗎？因為大家的閱讀、寫作力都不怎麼好，只要把眼光放遠一些，好好擬定接下來的學習計畫，這位在家自學的年輕朋友，還是可以有傲人表現的。

我在這裡介紹一本書，從書中歸納具體的作法，給妳的朋友和她的孩子參考。這本由日本人沼田憲男先生所寫的《寫出有溫度的文章：想想「讀者是誰」，你的文章才會有溫度，能幫你晉升的商業文章，從丟掉起承轉合開始》（二〇一八），可以幫助孩子建立寫作的基本觀念和框架，讓往後的學習更容易。

沼田先生原來是《日本經濟新聞》的記者與編輯主管，後來轉行當管理顧問，專門教不同領域的商業人士寫作。他在「前言」中，提及現今常見的一種狀況：「明明可以用國語進行日常對話，我們看得懂，也可以書寫，可是為何無法寫出簡潔易懂的文章？這是因為大家平常都太輕視言詞與寫作的重要性，甚至覺得這些不是珍貴的資產，怠慢文字的下場，就是一直重寫。」

在這個數位時代，當大家越來越依賴科技，也遺忘了該如何整理自己的思緒，以及寫出簡潔、易懂而有溫度的文章。

整理思緒，寫出有溫度的文章

我們可以說，寫作的目的是在把自己的經驗與想法，有條理、有說服力的傳達給別人。所以，不管是哪種寫作力的訓練，目的跟焦點都應該放在：「有效溝通」與「說服他人」身上。

寫作的過程中，從下筆前的創意構思，書寫時的邏輯推敲，到落筆後的編修整理，都需要不斷在「作者」與「讀者」的角色間切換，好達成溝通的有效性。沼田先生希望教會大家的，就是時時「記得讀者」的「溫暖表達」寫作術。

沼田先生在書裡，對現代人文章的通病，提出三個重要的觀察：「知識不足」、「邏輯跳躍」、「5W1H 不足」。有時我們寫不好文章，是因為事前所做的功課太少，背景知識不足，寫出來的東西自然「含金量」低，難以說服他人。所以，平常就得學會找尋關鍵資訊，進行多層次的解讀；同時，也要擴展自己的知識領域，才能在深度與廣度上有所增進。

「邏輯跳躍」的狀況，主要是因為沒有把想談的問題想清楚，或者在語言的表現上過於混沌。**事實上，不只是說理的文章需要邏輯，抒情、描寫的文章也需要有層次的安排。**寫作的過程中，從字句到段落的調動，都是在將思維排列出恰當的順序，讓文章變得深刻且易懂。

「5W1H」是形成一個事件或故事最重要的要件，從What、Who、When、Where、Why到How，這套「六何分析法」既是一種思考方式，也是傳統倒金字塔式的新聞稿，在寫作首段時的原則與方法。

沼田先生提醒我們，與其寫出沒有人看得懂的長篇大論，不如學習提綱挈領，養成重視5W1H的習慣。他要我們把自己當成一名記者，學會簡短有力的下標題，反覆修改文章，讓人不費勁的理解所要傳達的事項。

至於進行正式而有深度的書寫時，沼田先生採用的方式跟我很類似：先思考內容主題，寫下簡單的筆記，整理好思緒、決定文章結構後，才坐到電腦前敲打鍵盤。寫完後，還要把文章列印出來，重新將文字讀過一遍，並用紅筆仔細推敲。之所以這樣做，是因為紙本的閱讀比之於電腦更有溫度，也有利於我們放慢腳步，關注與思考每個字詞的使用。

自我檢核，讓文章流暢好讀

這本書還有一個很實用的地方，沼田先生設計了一張「寫作自我評量表」，列出一般人寫作時常犯的「誤區」，並分為十個項目：「是否缺漏字？」「名詞、數字是否錯誤？」

「標點符號適當與否？」「是否有多餘的文字表現？」「句子長度是否適合？」「應傳達內容是否明確？」「說明的順序是否一路讀下去就能懂？」「文字表現是否符合讀者角度？」「排版是否容易閱讀？」到「文章是否易懂？」。透過這張表格，學習者可以在寫作時作為檢核之用，也可以確認自己的文章是否流暢可讀。

親愛的朋友，寫作力的培養，說穿了就是件長遠的事，沒有真正速成的方法，學好了，也不只是為了應付升學和考試。如果，妳還不那麼確定這樣的想法到底對不對，不妨再聽聽以下這個故事。

二〇〇六年，有一位名叫凱薩琳（Katherine Commale）的美國小朋友，看到電視上的紀錄片說，非洲每三十秒就有一個孩子死於瘧疾，只因買不起蚊帳。她非常難過，於是提筆寫信給很多有錢人，希望他們能夠伸出援手救救孩子。

其中，她寫給微軟創辦人比爾·蓋茲（Bill Gates）的信是這樣說的：「親愛的比爾·蓋茲先生，沒有蚊帳，非洲的孩子們有很多會在瘧疾中死掉，他們需要錢，可是聽說錢都在你那裡……」

這短短的一封信，讓比爾·蓋茲掏出三百萬美金，後來還有很多名人響應，讓愛心更加擴大。七歲的凱薩琳，因而拯救了超過百萬個非洲小孩的性命。

所以，千萬不要小看寫作的魔力。沼田先生的書供妳們參考，也期待妳朋友的孩子，可以從寫作中獲得溫暖與快樂。

【思辨與討論】

1. 你認為寫好一封 E-mail，應該具備哪些基本條件？
2. 你經常被寫作的問題困住嗎？最困擾你的地方是什麼？
3. 你覺得日常生活中，還有哪些時候需要運用到寫作力？
4. 你覺得 5W1H 中最關鍵的元素是哪一個？原因為何？
5. 在沼田先生的「寫作自我評量表」中，你常犯的寫作誤區有哪些？原因為何？

【寫作練習曲】

新聞寫作經常利用「倒金字塔結構」，把最重要的訊息放在開頭，然後依重要性遞減的方式，完成以下各段。現在假設你是一位記者，利用「倒金字塔結構」以及「5W1H」，完成一則校園活動的新聞稿，篇幅在三百字以內即可。

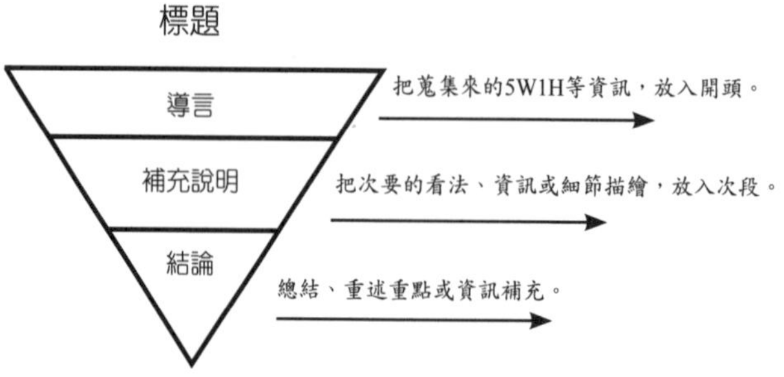
標題
導言
把蒐集來的5W1H等資訊，放入開頭。
補充說明
把次要的看法、資訊或細節描繪，放入次段。
結論
總結、重述重點或資訊補充。

「倒金字塔結構」寫作

1. 請利用 What、Who、When、Where、Why、How 等重要訊息完成「導言」，並為這篇報導下一個「標題」。

2. 請利用次要的資訊、看法，進行補充或細節描繪，以完成次段「補充說明」。

3. 請總結、重述全文的重點，完成最後的「結論」。

4. 請運用上述的引導，撰寫成一則報導。

第2堂

現今大學生的六個觀察

選課講究高CP，關心手遊甚於現實世界，專業能力、表達能力不足，再加上缺乏學習動機，現今大學生普遍存在的一些問題，確實頗讓人深思與憂慮。

〈王文仁——現今大學生的六個觀察：選課講求高CP非「佛」不修、比起全世界更在意手遊〉，《太報》，2021/02/25。

大學，是許多人踏入社會前最後一個階段的校園修煉，現今大學生的許多行為表現，正是我們當前社會的縮影。在大專任教十多年，我歸納出以下六個對現今大學生的觀察。點出這些，無非希望大家一同努力來提供解方，提振或改變當前大學教育所遭遇的困境。

1. 選課高CP，老師要找佛

現代人很重視高CP值，大學生選課也很講求這一套。覺得跟自己有關的課，才會認真選，其他就跟學長姐或上Dcard（低卡）打聽，看哪個老師的課比較「佛」、比較「營養」，最好是「呼吸就會過」。有時也不問課程是不是自己真正想要的，或者老師是否真如傳說的那樣，就一窩蜂跑去選課。最後，可能選了不適合自己的課，或讓自己莫名被當掉。

2. 不怎麼關心世界，更在意手遊

我們都知道，當兵會讓人越來越脫離世界，其實讀書也是。當學生每天的生活都被書本填滿，一旦上了大學，呼吸到新鮮的空氣，有的人會開始努力接觸以前沒有接觸到的世界，但也有不少學生從此埋首手遊。比起關心這世界發生什麼大事，他們更在意的是能不能破關，可不可以在網路世界得到自我的認同。手遊，已經成為目前老師們最大的敵人（大幅取代以前的瞌睡與漫畫）。

3. 沒有人生方向，也沒那麼care

上了大學、選了科系之後，理應人生的方向會開始清楚起來，雖然不知道將來一定要做什麼，也會有個大概的方向。可是現在的大學生，似乎比過去要迷茫許多，新鮮人就不用說了，不少人到了大四，還是不知道將來要做什麼。你說他們在意嗎？好像也不太在意，反正畢業了（能畢業）再說。

4. 知道學歷無用，專業能力卻不足

在學歷扁平化的時代，學生們其實也知道學歷慢慢失去效用，可是不念大學，又差人家一截。因為這樣，真的會有危機意識而提前做好準備的，還是少數。老師們大多會不斷苦口婆心，希望大家好好充實專業能力，或者多修一些跨領域的課程與學程，不過還是只有少部分的學生能夠做到。

5. 表達能力差，寫求情信也能惹怒老師

學生們不論是手寫或者口語表達的能力，都有日漸下滑的趨勢，也嚴重影響他們的人生與職涯發展。儘管我們的教育方針努力想強化這個部分，但是表達能力變差的態勢，依然相當嚴重。舉例來說，學生期末不及格時，常會寫信跟老師求情，但現在多數人常常連 E-mail 都寫不好，也不懂得基本禮貌，讓老師收到信後，更加鐵了心的想當人。

6. 程度差異大，有心者仍屬少數

在目前的入學機制中，學生們進來後的程度落差，似乎有加大的趨勢，也因為整個班的程度差異不小，老師在課程的安排上也更加困難。整體來說，積極用功的一定都會有，只是還是少數；大多數的學生，都還在摸索以及找尋人生的方向。因此在學習上，普遍比較被動，需要老師投入更大的心力，去引發學生的學習興趣。

後記

〈現今大學生的六個觀察〉原本是我的臉書貼文，貼出後三天內，意外迎來一百餘次的分享，獲得網路媒體《太報》（二〇二一．二．廿五）的轉載。後續，也收到一些朋友們的意見回饋，因此又寫了以下的短文回應：

當時寫這篇文章，是因為前天剛好跟同事聊到選課的問題。其實選課挑「涼的」選，避免遇上「大刀」這種「趨避性」行為，從以前就有，只是現在變得越來越嚴重，也更具功利性。

不可否認的，現在的學生都很「忙」，也很「茫」。要修的學分很多，可以分掉注意力的事也不少。老師若沒有積極經營課堂，深入淺出又帶些遊戲性，除非是重要的必修課，或能帶來立即性的反饋，否則很容易就會遭到厭棄。

很多學生的問題，其實是從中小學一直累積到大學後，剛好爆發開來。在掙脫長期壓抑的考試教育後，若沒有找到可以努力的新方向，很容易就會躲入手遊的世界，更加迷失自我。

在學歷扁平化、人人都可以上大學的今天，光是拿到一張薄薄的畢業證書是不夠的，還可能成為求職的障礙。因為能力如果沒有跟上，或跟社會沒有更多接軌，很容易會讓自己變得不上不下。

表達能力不佳、寫信惹惱老師的事，在大學裡確實層出不窮。其實我們也會接到廠商端的反饋，希望更強化學生的溝通和表達，可見這個問題已經嚴重到危及個人的職涯與發展。至於專業能力不足的問題，除了個人因素外，也是時代環境所帶來更嚴苛的考驗。

以目前科技高速的進展，以及經常降臨的「黑天鵝事件」（Black Swan）[1]，學校教育所能提供的幫助有限，我們都必須讓自己成為終身學習者，否則很容易被淹沒在時代的洪流中。我的文章不過是發出警訊，希望學子與家長們一同提早做些準備，因為教育永遠無法只靠學校和老師。

1 黑天鵝事件：指發生機率極低，極不尋常，卻又真實發生的重大事件，並伴隨著巨大的衝擊力，比如金融風暴、新冠肺炎（COVID-19）等等。

國文課（2）

@人生因為翻轉，而精采

閱讀文本：《隱性反骨：持續思辨、否定自我的教授，帶你逆想人生》，李忠憲著，先覺出版。
教學目標：帶領學生思索自己的志願與人生，擘畫未來的夢想。

那天，初次讀到成大電機系李忠憲教授二〇二一年出版的新作《隱性反骨：持續思辨、否定自我的教授，帶你逆想人生》時，腦中第一個浮現的，是你。

已經四年了，我的臉書收件匣還留著你那天離開學校時，我們留下的對話：

「老師，你目前在哪裡上課？」

「我今天有事出差，不在學校啊。」

「可惜了！老師，今天是我在學校的最後一天，本來想去找你的，只能有緣再見了！」

「沒關係，我會在臉書上追蹤你後續的發展，加油！」
「好的，謝謝老師！」
時間停留在二〇一七年六月十四日。
那是我來到這個學校後，第二次上到你們系的國文課。課堂上，外表白淨帥氣像極了韓劇明星的你，總是坐在前方的角落，有時呼應著課堂，有時陷入一個人的沉思。我看得出來，你有著不屬於這個年紀的憂鬱，但煩惱的到底是什麼，卻也一直沒有機會了解。

尋求「改變」的生命契機

在六月十四日的一個多月前，有次下課，你終於跑來找我聊天。你有些猶豫的說道：「在這裡讀了快一年，覺得自己並不適合這個系，在思考是不是要做些什麼改變。」
我問：「那你有什麼打算？」教書這些年來，每年都會遇到學生跟我抱怨念錯學校、念錯科系，不過最後只有少數人決定行動，改變眼前的困局。
「我想休學，出去外面闖一闖。雖然還沒有很清楚自己要做什麼，但我知道，如果沒有選擇，那就永遠不會改變！」你堅定的說。
「改變？」我想起前幾年有位電機系的學生，最後選擇轉學考，考回北部的學校。他在那個學期末的時候，跟我說的最後兩個字，也是「改變」。

「那麼，家裡的人知道你的打算了嗎？」每次遇到這樣的問題，我都很猶豫該不該問這句話，因為學生實際上已經成年了，他們有權決定自己的人生。只是我也很清楚，家人的了解和支持，對他們來說是重要的。

「談過了，他們尊重我的選擇。當然，我也必須為我自己的決定負責。」你的眼神轉為堅定，就像一架準備要起飛的飛機，收好了屬於自己的起落架。

「如果，你真的已經做好決定了，也認為這樣可以取回自己的人生主導權，那麼老師祝福你！」

我們那天的對話，就結束在「祝福你」三個字。此後一個多月的時間，忙於期末的各項活動和考試，也就沒有再詢問你後續的安排。直到期末考後，你在臉書上傳來訊息，跟我道別。

「隱性反骨」，人生的劇本由自己來寫

那天，我讀著《隱性反骨》時，腦中不斷閃過的是結語裡的這一句話：「沒有人打從一出生，就注定未來將成為怎樣的人。」

這些年來在課堂上，我總是要學生未雨綢繆的規畫未來的發展與方向，要他們模擬思考：如何在重重險阻中，幫自己找到一條比較順遂的「康莊大道」？就讀的科系與自己的興

趣不合時，要怎樣斜槓發展？不過，其實我們也知道，人生從來就不是依照一套已經編好的劇本在走。

我會想到你，是因為李忠憲教授的人生，走得就一點都不像是傳統的「理工男」。出生工人家庭、留學德國以及參與社會運動的經驗，讓他在書裡頭多次談論柏拉圖（Plato）、尼采（Friedrich Wilhelm Nietzsche）、沙特（Jean-Paul Sartre）、叔本華（Arthur Schopenhauer）、卡謬（Albert Camus）、馬克思·韋伯（Max Weber）和卡爾維諾（Italo Calvino）。

李教授認為，新時代的人類必須「跨越理工或人文的二元思考」，強調「『藝術』是打敗人工智慧的唯一方法」、「不管念醫或電機，都必修哲學」。照他自己的說法，《隱性反骨》這本書，就是整個人生從求學、參加學運、留學德國、成為「哲學型資安人」，乃至於走上馬拉松征途的發展歷程。

那麼，什麼是「隱性反骨」？序裡頭說，反抗有兩種形式：一種是顯性的，用積極的激烈手段，拚個你死我活的來顛覆一切；另一種是隱性的，在服從體制內遊戲規則的情況下，想辦法努力超越自我。

「隱性反骨」是後面一種的選擇，也就是在各種客觀條件不如人的情況底下，正面挑戰自我，讓自己活成無法複製的原創人生。這也是多數人可以靠恆心、毅力，靠不甘安於現狀而奮起的一種可能。

從一個窮苦的家庭出身，李教授把堅毅刻苦的精神拿來學習，也日復一日用來思考人生。他剛開始在臉書貼文時，中文還不大靈通，卻靠著不畏縮的精神，在短時間內寫出三千多人分享的好文。此後，每天都利用通勤的時間，在臉書撰文分享他的觀察和理念。

哲學：新時代人人都該具備的能力

身為一位理工人，李忠憲教授之所以如此重視哲學，是出自於這樣的觀察：全世界的政治領袖絕大多數都是人文出生，鮮少來自理工背景，因為政治事務主要是處理「人」的問題，需要豐厚的人文素養與社會關懷。

他研究的資安，實際上是一門跨領域，且牽涉到「人」的綜合科學。當資訊高速發達，讓人類社會成為一輛走向毀滅的「失速列車」，哲學也成了這個時代人人都該具備的能力，如此才能在孤獨中找到自我，清明覺察到「為何而活」與「要往哪去」。

「閱讀引路人」楊斯棓醫師在替這本書寫序時指出，《隱性反骨》其實是李忠憲版的《沉思錄》。《沉思錄》是西元二世紀的古羅馬皇帝馬可．奧理略（Marcus Aurelius）在內憂外患的戰亂下，寫下的思考與反省文字，經後人編纂、傳世，成為許多領導者必讀的經典。

楊醫師提醒我們：「《隱性反骨》在一段行文中，自然會讓你讀到一句或多句警世之語，也因此，你會更了解那句警語的脈絡，更心悅誠服地接受一句句的心靈次氯酸。」而這些，都來自於李教授日常的省思，以及將其化身為文字的「原子習慣」[2]。

如果說，哲思是一種心靈的修練，那麼持續的奔跑就是一種堅毅的肉體鍛鍊。李教授從三年多前開始每天跑步，卻只花了五十二天就跑完全馬的自我訓練，到現在已跑完二十多場賽事。會有這樣的成果，除了超乎常人的毅力，也在於馬拉松讓他有與大自然融為一體，掙脫俗世的自在與快感。

於是，跑步成了孤獨思考之必要。就像書裡說的：「人生沒有意義，但也不能隨波逐流、漫無目的地過生活，我們必須設定目標、勇敢前進，但又要能夠熱愛命運，這就是人生的難題。」

有夢的人生，才是最美

在這本書裡，我認為最適合給你，還有你的工科學弟妹們一起讀的，是〈勇敢無懼、孤獨思考、否定自我〉這篇文章。文章最早刊登在《成大校刊》，是李老師為剛進入大學

2 詹姆斯．克利爾（James Clear）在風靡全球的《原子習慣：細微改變帶來巨大成就的實證法則》一書中提醒我們，若每天維持細微如原子般的習慣，久了之後其複利效應將累積成為巨大的改變。

就讀的成大新鮮人寫的，他分別引用馬克・吐溫（Mark Twain）、赫曼・赫塞（Hermann Hesse），以及肯亞長跑名將基普科吉（Eliud Kipchoge）的一段話，來談「勇敢無懼」、「孤獨思考」以及「否定自我」這三個觀念。

所謂的「勇敢」，應該是主動接受挑戰，努力去把握重要的機會，而不是無視於恐懼，或者讓恐懼駕馭我們，好的機會也常常就在這無懼之中，自然而然的出現。文中，他以一個成大電機系碩士的故事為例，這個學生畢業後一開始跟其他的同學一樣，在新竹科學園區默默工作著。

有一次，美國的包商想了解一個問題，結果一堆名校畢業的博、碩士彼此推來推去，沒有人敢出來發言。這個學生把握了機會，用很破的英文表達自己的想法。事件之後，學生被公司注意到了，派往矽谷工作，接著又被蘋果公司挖角，做著人人稱羨的工作。這也印證了馬克・吐溫說的：「勇氣是抵抗恐懼，駕馭恐懼，而不是無視恐懼。」

至於「孤獨思考」，則以一位德國年輕女孩子的例子，分享「只有獨處，才能思考」的理念。李教授在德國讀書時，有一天跟幾個住在柏林的台灣同學，利用週末跑到最北邊的呂根島玩。一行人迷路而不知所措時，遇到了一個十九歲的德國女孩，熱心指引他們往青年旅館的路。

這個女子不怕危險，獨自一人跑到僻壤之地遊玩、思考，跟一向喜歡熱鬧、害怕寂寞的台灣人，可說是天壤之別。在俗世中，我們總是習慣把自己安排得很忙，表面上看起來很風光，實際上卻讓內在的自我迷失了。因此，他很認同赫曼．赫塞說的：「只有孤獨，我們才能夠找到自我，孤獨不是寂寞，它是最偉大的冒險！」

所謂的「否定自我」，其實是不追隨於流俗，不被社會存在的既有框架束縛，不斷擴展自我學思與實踐領域的過程。這樣的人生，才具有「原創性」，才不會變成罐頭工廠裡統一生產的複製品。這裡李忠憲教授舉的，是自己開始跑步，並在短時間走上馬拉松征途的例子，他之所以這樣做，是為了否定自己前半輩子整日在書桌前忙碌的胖子生活。

文中引基普科吉的一段話提醒我們：「只有紀律嚴明的人，才有生命的自由。如果你沒有紀律，你就是情緒的奴隸，你就是激情的奴隸。」我非常認同，當一個人能夠主宰自己的身體，控制欲望與情緒，也才能夠主宰自己的生命。

前些日子，我終於打聽到你的消息。原來，之後你選擇往餐飲業前進，又到了新的學校就讀。時間過得很快，你的同學都已經在去年畢業了，我很高興知道你還繼續在夢想的道路上前進。有機會的話，我想再對你說的是：「有夢的人生，才是最美。」

【思辨與討論】

1. 如果你是大學生，選課的時候會根據哪些標準來做選擇？原因為何？
2. 請問你如何看待「手遊影響年輕人」這件事？
3. 在讀大學的時候，你是否曾經考慮過轉校或轉系，原因為何？

4. 你是一個害怕寂寞，還是享受孤獨的人呢？請試著自我分析一番。

5. 你是否有某項持之以恆的「原子習慣」？請分享你對這個習慣的經驗與看法。

【寫作練習曲】

雖然有人說：「夢想很豐滿，現實很骨感。」但人類也因為有夢想，文明才得以前進。一九六三年，為了爭取黑人的平等地位，美國非裔人權鬥士馬丁・路德・金恩博士（Martin Luther King, Jr）曾經以〈我有一個夢想〉（I have a dream）為題發表演講，震撼全世界，也促使美國在一九六四年通過《民權法案》，禁止種族、膚色、宗教信仰、性別等所造成的歧視性行為。

每個人的夢想可大、可小，也可能對自己或社會造成深遠的影響。請以三百字左右的篇幅，描寫你的夢想，並說明自己將如何一步步實踐。

1. 請寫下你最想完成的一個夢想，描述你對它的想像。

2. 敘述之所以有這個夢想的動機與目的。

3. 說明你要運用怎樣的方式，幫助自己達成夢想。

4. 請將以上的寫作材料，組織整理成一篇短文。

第3堂

名叫「鮭魚」的那些日子

針對人性的「貪婪」與「恐懼」，行銷上最常使用的策略，就是「抹黑」與「美白」。透過改變受眾對事物的認知，成功達成改變行為的目的。

前些日子，台灣島上的人民都為了「鮭魚」二字瘋狂不已。這個議題，在我的國文課堂上，竟也引起學生們的騷動和討論。這次事件的衍生，導因於某家連鎖壽司店推出的行銷活動。在二〇二一年的三月十七、十八日兩天，只要名字裡頭有「鮭魚」的人，就可以享受免費吃到飽（最多一桌六人，可以無限次享用）。

一開始，商家只是想用這樣的方式創造話題，提升品牌知名度，卻沒有想到，因為資格上的漏洞，讓不少人火速跑去戶政單位改名。再加上這兩天，各大電視與網路媒體二十四小時密集播放這條新聞，在一股擋不住的熱潮下，前後竟有三百多人參與了這次的改名行動。

由改的名字來看，從最簡配的姓加上「鮭魚」，到長達五十多字、宛如小小說的命名法（「陳〇〇有震天龍砲變身〇〇〇〇〇〇（遊戲招式名）於二零二一年三月十四日與〇〇（女友名）穩定交往中愛妳愛一生一世此生想帶妳一起吃鮭魚」），不能不說其中確實有創意與嘲諷的存在，像是「曾經跟鮭魚一起看蔣公逆流而上」，不但翻轉威權時代蔣公的傳奇故事，也被網上封為最具創意的改名。

有人以「鮭魚之亂」來稱呼這樣的活動，大家也注意到衍生的負面效應，諸如：浪費大量社會成本、不珍惜食物、隨意濫用自己的改名權等等。也有不少人評論，壽司店這樣做是否真的達到行銷的目的？或者只是順勢激發了人性好吃（貪婪）的一面？身為一個學生眼中「佛心」的本國語文教育人員，在這裡我暫時放下道德與實質的批判，嘗試分析這個事件背後，其他不同層次的意涵。

名字，是束縛還是價值？

根據二〇一五年最新修訂的《姓名條例》規定，台灣人一生可以改名三次。滿二十歲的成年人，都可以用「字義粗俗不雅、音譯過長或有特殊原因」申請改名。手續上也相當簡便，只要到全國任何一個戶政事務所，準備好身分證、印章、戶口名簿，以及兩年內符合規格的照片一張，花五十元就可以改名，並換到一張新的身分證。就因為這樣的改名手續容易且快速，「機會成本」（Opportunity Cost）相對很小，所以這次活動響應的人也特別多。

我們知道，每個名字的背後都有其代表的身分、價值與意義。一般人的姓名，多半來自父母、親族或算命師，有的人特別珍愛，當然也會有人厭棄。對某些人來說，這或許是他們有生以來第一次，可以透過這樣的方式，對自己的名字表示不同的「鮭魚」主張。

你可以說，這裡面有廠商活動誘引的成分在，也有像「張鮭魚之夢」等人，因為搞錯改名次數，差點沒辦法改回來的悲劇。但是，我們也可以借此換個角度重新思考，「名字」到底是一種束縛、意義，還是價值？

憤怒，及其卑微的反擊

根據統計，這次響應活動者，以民國八十七到九十二年次的年輕人（現年十八至二十三歲）所占比例最高。有人說，這是因為年輕人比較敢衝，比較不在乎旁人的眼光。也有人說，這是「社畜」[3]一代的喜愛跟風、樂於KUSO。

當然，也有人以「貪婪」二字，指稱這些透過「改名」賺取好處，卻又暴殄天物的行為。確實，有人利用改名，收錢販賣吃到飽的資格；也有人土豪般的狂點食物、飲料，咬一口後就亂丟。這樣的行為當然值得非議，只是我也隱約感受到年輕人對社會的不滿，以及自嘲式的反擊。

在大學教書這十多年來，我看著學生一屆又一屆畢業，有些發展得還不錯，但多數年輕人卻是在社會現實的關卡中，辛苦而蹣跚的前進著。當全世界的經濟發展不再高速，台灣從都會區到鄉鎮房價、生活費大漲，薪資卻停滯不前。缺乏社會資本的年輕人茫然、無措，懷抱著怨懟過日子的為數不少。這也就是為什麼，這幾年社會上如此風行「厭世」之風。

在這次「鮭魚行動」中，我們可以看到，有人為了賺兩萬多塊而改名，也有人藉此帶朋友大肆飽餐一頓。這些看似「貪婪」的舉措中，或許也代表著他們以一種略帶創意的方式，對社會、對人生，卑微、憤怒的反擊與自嘲。

行銷，是抹黑還是美白？

對商業模式略有涉獵的朋友們一定知道，針對人性的「貪婪」與「恐懼」，行銷上最常運用的手段，就是「抹黑」與「美白」，也就是透過改變受眾對商品的認知，達成改變行為的效果或手段。

有人說，這次舉辦活動的「壽司郎」，順利得到大批媒體與群眾們的關注，可說是最大的獲益者。不過也有專家認為，不斷湧現的大量負評，反而讓商家的品牌形象蒙塵。就我來看，這次的事件最後竟然還上了國際版面，最大的贏家恐怕是「鮭魚」和它的販賣商吧。

先不說有這麼多人為了壽司吃到飽，自願改名為「鮭魚」，一下子，大批媒體、網紅、社群朋友們，也紛紛加入蹭熱度的行列，甚至登上了國際新聞。可以說，整個台灣為了鮭魚與改名事件，彷彿度過了幾天「魔幻寫實」的嘉年華會，也轉移對其他重要事情的關注。

如此一來，不管「鮭魚」的形象到底是被「抹黑」或者「美白」，從此以後大家都會記得，那一年的台灣曾經有過幾天，我們一起度過了名叫「鮭魚」的那些日子。

---

3 「社畜」（しゃちく）是一九九〇年代開始出現在日本企業底層上班族的自嘲用語，也適用於打工族跟實習生，這個用語後來在東亞地區廣泛流行。指的是為了企業跟工作，犧牲個人的尊嚴、睡眠、飲食以及其他的社交關係，成為「公司的牲畜」，現在也廣泛出現在年輕人的自我嘲諷上。

國文課（3）

@你所看到的，未必是真相！

閱讀文本：〈顏回偷食〉，春秋．孔安國。〈泰國逆天廣告：菜市場包租婆——不要僅憑一面之詞評判別人〉廣告影片。

教學目標：帶領學生思索自己的志願與人生，擘畫未來的夢想。

〈泰國逆天廣告：菜市場包租婆——不要僅憑一面之詞評判別人〉廣告影片。

親愛的M，謝謝妳特地來信告訴我，昨天的課堂內容，是這學期妳覺得最有感受的一次，生動的故事搭配寫實的短片，一下子就讓人了解「偏見」與「我執」，真的是一件很可怕的事。

不知道妳還記不記得，稍前我們介紹過《康乃爾最經典的思考邏輯課》（*How We Know What Isn't So: The Fallibility of Human Reason in Everyday Life*）一書，裡頭就提到人類會有「無中生有」、「過度推論」、「預設立場」、「期盼眼光」、「以訛傳訛」、「認同想像」這六種思維謬誤。

我們也討論過漢斯・羅斯林（Hans Rosling）的《真確》（*FACTFULNESS: Ten Reasons We're Wrong About the World--and Why Things Are Better Than You Think*），裡面羅列了人們最常犯的十種直覺偏誤，像是「二分化直覺偏誤」、「單一直覺偏誤」、「怪罪型直覺偏誤」等等，這些都在提醒我們，**判斷事情時千萬要了解人類思維裡的弱點，好好加以避免才是！**

眼見能否能夠為憑？

昨天的課堂上，同學們選擇報告的這篇文章，是《孔子家語》裡的〈顏回偷食〉。事件發生的背景，是孔子帶著弟子周遊列國時，有一次因為戰亂被困在陳國與蔡國的邊境上，接連七天都沒有食物。好不容易，子貢設法突破包圍，用身上的財物跟鄉民們換了一石米回來。顏回跟子路拿了一個鍋子，在破敗的屋子裡煮粥，事情就發生在那個時候。

熬煮的過程中，有髒東西飄到鍋子裡，為了怕整鍋粥遭到汙染，顏回趕緊把沾到灰塵的部分撈起來，丟掉又覺得可惜，於是就拿起來吃掉。這個時候，拚了老命才換回食物的子貢，剛好從井邊走過，看到這一幕非常不高興，就跑去老師那裡告狀。

子貢的表達方式很有技巧，他先對老師恭敬的行禮，然後才問道：「仁人廉士，會因為窮困就改變自己的節操嗎？」

平常就愛說教的孔子，馬上回答：「會的話，就不叫仁人廉士了。」

子貢接著問：「那顏回呢？顏回會改變嗎？」

作為孔子最喜愛的弟子之一，孔子對顏回是很有信心的，斬釘截鐵的說：「當然不會。」

這時，子貢就把剛剛看到的景象，逐一報告給孔子。

老師被打臉，該怎麼辦？

每次在分析這個「橋段」時，我都不忘提醒同學們，子貢在這裡巧妙運用了「三」的藝術。前面兩個問題，一面縮小詢問的範圍，一面讓對方表露正面的論述，最後再丟出一個扭轉認知的事實，根本就是要挖坑給孔子跳，打老師的臉。

不過，孔子也不是省油的燈。一來，他是真的非常信任顏回，不可能因為子貢的片面之詞，就拋棄掉這份信任；二來，老師怎麼可以隨便被打臉，這樣在弟子面前就很難建立威信了。所以，他沒有表露出驚訝的樣子，而是冷靜的說：「這其中必定有什麼緣故，子貢你先在這裡，我來問問顏回。」

孔子把顏回找來後，也不直接質問他，而是用了「託夢」這招，他說：「顏回啊，我剛剛夢到祖先了，想必是要庇佑我們吧！粥如果已經煮好，就呈上來，我們來祭拜一下。」

不知道老師意有所指的顏回，趕緊回應：「老師，這個粥已經不能拿來祭祀了。剛剛有塵埃掉到裡頭去，我把弄髒的部分撈起來，丟掉又覺得可惜，就吃掉了。吃過之後的粥，沒辦法再拿來祭拜，這樣會對祖先不敬。」

孔子聽了這樣的解釋，立刻放下心中的一塊大石，說：「這樣啊，如果是我遇到相同的情況，也會做一樣的選擇吧。」

顏回離開後，孔子就跟身邊的弟子們再次強調：「我對顏回的信任，是不用等到今天才來證實的。」大家對孔子也就更加的信服了！

排解困局的人生智慧

M，讀到這個故事的時候，我不知道妳想到的會是什麼？我第一時間聯想到的，是「曾參殺人」的故事。

曾參也是孔子的得意門生，學養很深，品格端正。有一次，一個與他同名的人殺了人。

鄉里馬上有人跑去家裡，跟曾參的母親說：「不得了啦，曾參在外頭殺人了！」

他的母親不予理會直接的回答：「我的兒子不會殺人。」

不久後，又有人跑來說：「曾參殺人了！」

他的母親一樣泰然自若，不為所動的繼續織布。

過了一會，又有一個人踉蹌的跑來門口大喊：「快跑吧，曾參真的殺人啦！」

結果，他的母親臉色大變，立刻丟下織布的梭子，翻牆跑了。流言真的是可畏啊！

日常生活中，我們也可能遇到一些難解的糾紛，當事人跑來找妳，可是公說公有理，婆說婆有理，大家各有各的出發點與堅持。這時要化解疑難，就需要學學孔子的智慧。

他一方面安撫子貢，不讓事情變得更糟；另一方面為了顧及顏回的面子，又選擇私下了解。孔子用「夢」這樣的藉口，讓顏回主動說出原因，圓滿解決了眼前的危機，是不是很妙？

大家分享感想的時候，都不免慨嘆，子貢僅憑在井邊觀看的景象，就懷疑顏回，未免太不公平！還有，孔子如果昏昧一點，恐怕也會因為子貢的話，誤會自己最信任的弟子。

說來，就連這些古代的賢人們，都有可能犯這樣的錯，更遑論一般人呢？我們很容易就相信自己眼睛看到的、耳朵聽到的，但不只眼睛有可能「業障重」，就連心，有時也會靠不住。

學習不輕易妄下斷言

接著，我們又看了〈泰國菜市場包租婆〉的廣告。影片一開頭，這位老闆娘似乎是在自己的菜市場恣意妄為，她霸氣催討租金，把攤販的東西拿走，還摔壞肉販的秤。這樣的畫面被錄影之後，以「市場老闆娘欺負攤販」的標題上傳至Youtube，很快就引起鄉民的肉搜與辱罵。

有人在底下留言說她是「死變態」，有人質問「攤販做了什麼事情，有必要這樣嗎？」還有人說：「社會需要對這種人還擊！讓她紅。」短短三天，影片的觀看人次就超過百萬，老闆娘跟這個市場真的紅了！

看到影片後半段，我們終於知道，稍前我們以為的「事實」，不過是見樹不見林！老闆娘之所以摔壞肉販的秤，是因為肉販用假秤卻屢勸不聽。她看起來好像在欺負老年人，其實是把暈倒的老人扶到一旁按摩、照顧。她看似搬走攤販的物品，實際上是自己掏錢出來，把賣不掉的商品全部買了。然後，她還想辦法空出攤位，讓在外頭賣東西卻生意不好的聾啞人士，能有容身之地。真相與表象這極大的反差，讓不少同學驚呆了！

廣告的最後說：「不要僅憑一面之詞評判任何人。為了打造一個更美好的社會，下斷論前先打開你的思維。」

M，你們對這支廣告的反應，遠遠超乎我的想像，大家紛紛批判起「鍵盤俠」、「網路正義魔人」、「新聞造假」，以及一堆「看到黑影就開槍」的現象。還舉例說明這樣的網路霸凌，不僅害慘了一些名人，就連一般人也不免身受其害。

只能說，影像的震撼力確實比文字大得多。我相信，在經過這堂經典文學與影像文本交疊的課程後，大家會更在意言行，不會再輕易妄下斷言，讓自己成為謠言的推波助瀾者，如此一來，這堂課的目的也就達成了。

【思辨與討論】

1. 你認為台灣的「鮭魚之亂」，可以帶給我們怎樣的啟發與省思？
2. 請舉生活中的例子說明，一窩蜂的行為最後往往形成怎樣的悲劇？
3. 你是否曾經因為別人的某個行為而誤解對方？後來這個誤解如何解開？
4. 你看見有人為一件事爭執不休時，會如何幫忙居中協調？
5. 網路上霸凌的事情層出不窮，我們該如何遏止這樣的歪風？

【寫作練習曲】

眼見不一定為實，更何況是某種謠傳，人與人之間有時難免會產生一些小矛盾，特別是被別人誤會時，那揪心的滋味可真不好受。有時是我們自己「眼睛業障重」，錯看了或看錯了什麼，導致誤會的發生。在日常生活中，因為訊息了解得不夠全面，或認知上的直覺偏誤，常常造成不少的誤會。請以三百字的篇幅，寫下你記憶中最深刻，跟誤會有關的一個事件。

1. 曾經讓你印象很深刻的一個誤會事件是什麼？

2. 請簡單敘述一下事件發生的緣由與經過。

3. 這個事件後來造成什麼樣的影響，或結果是什麼？

4. 請利用以上的寫作材料，完成一篇短文。

第4堂

大學是職業訓練所嗎？

念大學、選科系，好像都避免不了最實際的就業考量。當大學成為許多人心目中的職業訓練所，大學老師該教會學生哪些出社會後的生存之道呢？

「老師，畢業後到底要找什麼工作比較適合？」
「老師，聽說企管系的畢業薪資嚴重偏低，這是真的嗎？」
「老師，家裡的人勸我念完研究所，讀完之後找工作會不會比較好一點啊？」
「老蘇、老蘇、老蘇，我爸媽叫我來念這個科系，說將來會比較好找工作耶！」

「讀大學」=「找工作」？

每年教學生寫求職履歷自傳時，上面這些問題就會像噴泉般湧出。就連那幾位平常上起課來昏昏欲睡、快要不支倒地的同學，也會像是「原力覺醒」般，突然探起頭來，想了解一下未來的路究竟可以往哪裡走。

作為大一國文課程裡安排的一個小單元，我當然沒有太多的課堂時間與資源，可以幫學生進行職涯診斷或解答，頂多就是提供一些自己的觀察，分享一路走來的經驗，對於有意願認識自己職涯方向的同學，則幫他們進一步聯繫適合的老師或學長姐，提供相關的資源和協助。事實上，最早開始上「求職履歷與自傳」單元時，最讓我驚訝的是：「讀大學」在許多學生的心目中，原來就等於「找工作」。

經過十幾年在這個教育圈子裡的「走跳」後，現在，我已經可以大膽且有些無奈的直言：「沒錯！就目前整個社會的氛圍，以及在很多家長、學生的心目中，大學無疑的就是

『職業訓練所』！」

這也就可以回答，我在〈現今大學生的六個觀察〉一文對當前一些現象的剖析：像是學生選課要選「有用」的，如果覺得這門課「無用」（或「無趣」），就不選或乾脆採取放空的策略；覺得在學校學到技能與生存之道，比人格的薰陶與養成更重要，因此對老師大道理似的規勸，總是愛理不理；讀了碩、博士班因為不好找工作，所以儘管有能力，最後還是決定不讀；不清楚（或不在乎）自己未來的人生路要往哪裡走，乾脆選擇手遊度日等等。

從菁英教育到人人都可以讀大學

關於大學，我想在不少人的心中，地位曾經是很崇高的，因為這裡是菁英養成之所，也是人格薰陶的重要殿堂。經歷過台灣大學錄取率不到三成階段的四、五年級朋友們，應該會更有感受。然而，在一九九〇年代之後，為了讓大家都有機會往高等教育前進，台灣的大學數量一下子從四十幾所，增加到全盛時期的一百七十幾所。爆量的結果，上大學乃至於讀研究所，早成了家常便飯之事。

而這十多年來，台灣的新生兒人口不斷雪崩式下降，眼前各階段的教育體制，都已經受到少子化的嚴峻衝擊。加上其他社會環境轉變等等的因素，目前大學已接連傳出倒閉的消息，繼續存在著的學校，其功能和角色跟以前相比，也已經有了不小的轉變。

當人人都可以上大學，都可以讀研究所時，高等教育的光環早已不再。技職體系的專科學校，在體制與社會氛圍的鼓舞下，也通通升格成為科技大學，過去一般大學與技職教育分流的效果，自然而然的就不見了。

這幾年來，大家又重新思考專科教育的重要性。在教育部的一聲令下與管制中，開始有幾個指標性學校恢復五專與二專的學制，並且與業界合作，強化實質教育效果。但是普遍來看，當前一般大學與科技大學的面貌，還是相當接近，課程上的安排也都偏重理論，實務上的練習仍然需要補強。

兼顧「硬實力」與「軟實力」的培養

為了符合時代潮流的需求，這些年來大學也透過「教學卓越」、「高教深耕」、「USR（大學社會責任）」等計畫，不斷強化自身的社會服務與教育功能。但是，社會上仍舊存在著這樣一種刻板、功利的觀看角度，那就是：畢業後，是不是能夠找到一份好工作？能不能夠讓自己加薪、升職？

於是，儘管有不少老師（人文領域的老師應該占多數），認為大學不該只是「職業訓練所」，在課堂上應該花更多力氣教導學生「了解人性」、「啟發智慧」，卻很容易被更現實的問題給淹沒，像是：接下來能不能招到學生，會不會倒閉？學生們畢業後有沒有好的就業率？學校在企業人才愛用排行榜上排第幾名？

可以想見，當整個社會以「更實際」、「更功利」的眼光來看待大學，許多課程的安排以及科系的命名，很自然就會往實用的路線走。我不是說這樣的安排不好，甚至於我認為，讓學生預先有心理準備，乃至於教會他們一些進入社會後的生存之道，不但是需要，而且是必要。

只是，在不斷強調「硬實力」的同時，我覺得人文領域的教育應該花更多力氣，去厚植著重於心態培養的「軟實力」。也就是說在大學裡，我們除了教會學生「職人之藝」外，也要培養他們的「職人之心」，激發學生獨立思考、溝通與挖掘自我的能力，讓他們在面對人生種種的困頓與衝擊時，有足夠的韌性與智慧，越過這些荊棘和挑戰。

「模糊性科學」的重要性

美國康乃爾大學心理學教授湯瑪斯．吉洛維奇（Thomas Gilovich）在他暢銷三十多年的《康乃爾最經典的思考邏輯課》一書中，就提醒我們，在接觸確定性的科學外，也應該多接觸「模糊性科學」。

這些具「模糊性」的學科，諸如心理學、經濟學、藝術、社會學等等，都跟「人文」有關，它們著重於描繪無法準確預測的現象，探討複雜難解的成因；而人類社會充斥著的，其實就是這類往往很難「測得準」的課題。

舉例來說，像是：壽司店促銷活動引發的改名「鮭魚」行動，為何造成整個社會的動亂？羅東國小音樂老師遠距教學的直笛 Youtube 影片，如何引起大家的瘋狂點閱與轉貼？當疫苗充足時，大家都畏懼副作用不肯打，沒有疫苗時，為何又一窩蜂搶著登記？

這類型知識與觀念的培養、浸潤，短時間不一定看得出功效，但是時間拉長後，卻可以感受到無窮的好處。誠如許多管理學大師與成功人士的分享，教育能夠為你帶來真正助益的，其實是閃爍著生命啟蒙與智慧的那些。因為人生除了職涯，還有許多的課題需要面對，在這些關卡前，我們需要人生的路引，也需要決斷的智慧和勇氣。

國文課（4）

@音樂的力量，是可以被看見的

閱讀文本：〈日本音樂學校 TOSANDO music 廣告：婚宴篇〉廣告影片、〈泰國洗髮精廣告：你會閃亮〉廣告影片。

教學目標：引導學生思考，音樂如何傳達無法用言語表達的情感。

〈日本音樂學校 TOSANDO music 廣告：婚宴篇〉廣告影片。

〈泰國洗髮精廣告：你會閃亮〉廣告影片。

那天打開電子信箱，看到輔導中心的老師傳來這樣一封信：

老師您好：

在此特別通知，您這學期的授課班級，特教生的個人特質與學習狀況。

XX系XXX同學，為聽障生，已配戴助聽器矯正。

如同學有課堂上的一些狀況，再煩請通知我們這邊了解原因，謝謝您！

敬祝　平安喜樂

輔導老師XXX敬上

課堂裡的特殊生

每個學期開學後的第四、五週，常會收到這樣的來信，通知目前的課堂上有特教生，請老師多加注意他們的學習狀況。看到這封信時，我一下子就想到了你。

還記得那是第二次上課，沒有選上這門課的你在課堂結束後，拿了加選單匆匆跑上前來希望我幫忙加簽。你說聽了一次我的課，覺得有趣又有收穫，希望能夠允許你進來課堂。那時，我並沒有注意到你的不同，一下就幫你把單子簽好。

後來在課堂分享時，我才發現你有些不一樣。雖然講話確實比較不清楚，但是很鎮定、且有自信的表達了自己的想法，再加上每次都坐在講台前方，沒有缺過課，也讓人印象非常深刻。後來我想，你應該是真心喜歡這門課，才會努力拿出最好的表現吧。

你不知道的是，在後面的課堂裡，我們將會分享兩支廣告，談的是音樂其實可以代表話語。

音樂，勝過千言萬語

第一支廣告是〈日本音樂學校 TOSANDO music 廣告：婚宴篇〉，影片開始的場景，是在一場盛大的婚宴上，新娘的父親山中康弘先生要表演一首鋼琴曲。但奇怪的是，在新娘麗奈的記憶裡，父親明明就不會彈奏鋼琴啊，為何會選擇在結婚當天帶來這樣的表演？

隨著音符的躍動，我們聽到了〈卡農〉（Canon）的鋼琴曲。曲子也帶領我們穿越時空，回到過往。原來，這是麗奈小時候常聽母親彈奏的一首曲子。那時，一家過得非常和樂，母親有時也會教導麗奈彈琴。可是，麗奈長大後，母親因故去世，父親變得非常頹廢不振，整個家也陷入一片愁雲慘霧。麗奈勸父親振作，但父親屢勸不聽，她只好氣憤的離家出走。

就在麗奈結婚前夕，父親有一次經過一間位在二樓的音樂教室，從玻璃窗外，他看見裡面的人正在彈奏鋼琴，好像突然想到了什麼。沒有多久，他就帶著妻子以前彈奏的琴譜，走進教室，要求學會那首曲子。

鏡頭切回宴會場合，父親儘管經過不少練習，彈奏上仍然有些笨拙，一度還卡住彈不下去。但隨著音符的展開，麗奈的眼淚不自覺掉了下來，過去美好的回憶也一一浮現。

最後，出現了這樣一行文字：「音樂，勝過千言萬語。」

這支音樂教室的廣告匯聚了一部好影像的幾大原則：無預期悲劇的發生、美妙動人的樂曲和峰迴路轉的劇情。在笨拙的父親、甜美（卻已然逝去）的母親和叛逆的女兒之間，音樂成為他們相互溝通的利器，也聯繫起彼此的感情與回憶。每次播放時，總會有學生看到眼眶含淚，音樂的確可以表達出很多無法用言語表達的情感。

我和別人不一樣

不過，光是這樣還不夠，這時，我會再播放另外一支泰國「潘婷洗髮精」的廣告〈你會閃亮〉。故事中的女主角，是一位有聽力障礙的女孩子。有一次她在街上，看到一位街頭藝人表演小提琴，這位老人家優雅的拉動著琴弦，後來也聽她訴苦，成為她的音樂啟蒙者。

女孩子問：「我為什麼和別人不一樣？」老人家說：「為什麼，你要和別人一樣？音樂，是可以看見的。」然後，就把自己的小提琴送給女孩，教導她拉琴。

當然，這樣的故事如果沒有遇到「意外」跟「阻礙」，那就不精采了。就像好看的電影，一定要有不能或缺的「反派」。在小女孩參加音樂比賽的前夕，她被班上其他學習音樂、有錢的女同學盯上了，女同學不但派人打傷老人家，還把她的小提琴摔得粉碎。

正當我們以為女孩子再也無法參加比賽，她卻拿著一把用膠帶黏好的小提琴，及時出現在會場。只見她緩緩登上舞台，閉上雙眼，用力甩著飛揚的頭髮，拉出跟上一則廣告一樣精采的〈卡農〉樂曲。結果，把現場昏昏欲睡的裁判跟觀眾都喚醒了，掌聲不絕於耳。

第一次看到這則廣告，我還以為賣的是「神奇膠帶」。說真的，在現實世界中，怎麼可能用膠帶把小提琴黏一黏，就能完好如初又繼續表演？直到最後「You Can Shine」這幾個字浮現，我們才發現，這竟然是洗髮精的廣告！只能說，想出這個劇情的人，真的非常的有才！

有時無聲勝有聲

其中讓我印象深刻的一幕，是女孩在台上拉著提琴時，整個人宛如置身於原野中，被欺負、霸凌的畫面交替出現，而她如脫蛹而出的蝴蝶，自由飛向陽光燦爛的一方。那一刻，我們都明白了：音樂，就是她言說與表達自我的方式，所以才會不管怎樣都不能輕言放棄。

這些年來在教學現場，我確實遇過形形色色的特教生。還在兼課的時期，有一次就教到一位腦性麻痺的孩子，他身材細瘦，坐著電動輪椅，說起話來不大清楚，沒有辦法用手寫字，只能靠一隻手敲打鍵盤。不過，除了在座位的安排上需要特別費心，以及讓他用電腦應考之外，幾乎沒有特別需要去關照的地方，整個學期的表現也非常良好。

所以，**在這個經常過度吵雜、人人爭辯不休的世界，有時「無聲」或單純的樂曲，也是一種很好的表達方式**。希望到時候，你會喜歡在課堂上安排的這兩支廣告。還有，〈卡農〉的旋律真的非常動人，洗髮精帶來閃閃動人的效果也很勵志，我會記得下次買來用看看。

【思辨與討論】

1. 你認為大學是「職業訓練所」嗎？為什麼？
2. 你覺得大學的人文教育，可以培養學生的哪些「軟實力」？
3. 你是否認同，父親的形象都是比較拙於言詞？為什麼？
4. 請試著舉例說明，「音樂，可以勝過千言萬語」。
5. 請分享曾經帶給你許多回憶的一首曲子。

【寫作練習曲】

國際知名的台灣舞者許芳宜女士，從小就覺得自己長得其貌不揚，她對此困擾了很久。後來她靠著自己的努力，突破條件的限制，以精湛的舞技登上國際舞台。她曾說：「不怕我和世界不一樣。」她認為「不一樣」不是一種原罪，而是一種禮物。請審視自我，寫出你的「與眾不同」處，文限三百字。

1. 最常讓你感到困擾的「與眾不同」處是什麼？

2. 你怎樣看待自己的「與眾不同」？

3. 請逆向思考，為自己的「與眾不同」找尋正面的意義與價值。

4. 請運用上述的寫作材料，組織成為一篇文章。

第5堂

那一年，我在女校教書的日子

躲在同溫層裡，雖然又暖、又舒服，但是唯有走出這樣的藩籬，才能聆聽歧異的觀點，擁有強大的內心。

「老師，你待過女校喔？可不可以跟我們分享一下『暗黑』祕辛啦？」
「老師，全部都是女生的班級上起來應該很開心吧？你看我們這邊都男的。」
「老師，拜託跟我們講講那裡的故事啦，這個比國文課好玩多了。」

讓人難忘的女校兼課經歷

每次新學年開始跟學生自我介紹，都會提到讀博士班時四處兼課的經歷。那時，剛好有一個特別的機緣到一所女校兼課。時間只有一年，後來因為要專心撰寫博士論文，辭去了工作，但這段時間的教學經歷，卻讓我終身難忘。

其實，也不能怪我們那些學生，對全校都是女孩子的大學校園感覺好奇。因為工科學校的男女比例懸殊，有時一整個班上，連一個女孩子都沒有，那種爆表的陽剛味、滿屋子的汗酸味，跟當兵其實沒有什麼兩樣。這時，如果你的課很不幸的被排在爆熱夏日的體育課之後，那種在密室裡被臭味熏倒的經驗，保證永生難忘。

我高中讀的是男校，每天穿著土黃色的軍訓制服上課，被壓抑的青春期裡，完全能夠理解一個班上沒有女孩子，男生們會如何的「原形畢露」。教室髒亂、髒話掛嘴邊，下課無聊玩「阿魯巴」[4]，都是日常裡再熟習不過的景象。不過，我讀的畢竟是名校，只有偶爾會聽到有人暗地裡傳閱黃色書刊，或放學後圍在一起聊禁忌話題，這也可以說是我們那個年代，高中男校的特色吧。

弱勢的「文科男」

高中畢業後考上中文系，一下子從全部都是男生的環境，換到了陰盛陽衰的地方，一開始確實很不習慣。中學以前的自己內向害羞，對於如何跟女孩子們相處，一點經驗都沒有。中文系班級成員的組成，跟其他文學院還有商學院非常類似，男生屬於應該要被保護的弱勢族群，但事實上卻不是如此。

除了因為生物性上的「優勢」，苦差事（粗活）常常落到我們頭上外，中文系的男生也經常被自己系上的女孩子瞧不起。大學四年，我好幾次聽過班上的女同學說：「打死也不跟中文系的男生交往！」

後來，我私下問了一個比較要好的女同學，她才跟我坦承：「其實不只是中文系，很多文科的男生常被認為空有理想，雖然口才很好，卻沒什麼真正的實務能力。將來畢業以後，

4 一九九〇年代在校園裡風行的整人遊戲，眾人將被害者抬起，強制打開雙腿，並移至柱狀物撞擊。中國稱為「開飛機」，香港稱為「Happy Corner」，澳門地區則稱為「磨柱」。由於這個行為相當危險，涉及性暗示與校園霸凌，二〇〇五年教育部曾發文禁止。

通常也很難有好的發展，所以才會不那麼討喜！」

事實證明，班上女同學的男友，大多是「商科男」或「理工男」（我們沒有「醫科」）。班對的數量稀少，後來真正步入婚姻殿堂的也不多。不知道這究竟是「文科男」的悲哀，還是社會對文科人某種既定的「刻板印象」？

總之，在這種女多男少的環境裡磨練了四年，我終於可以自然的跟女生對話不會臉紅，也算是滿了解這種跟我們不同星球的生物了。

可是，這一切就在我去女校教書之後，完完全全被顛覆了。

女校的禁忌與主任的提醒

還記得當初去應徵這份工作時，長得溫暖慈祥的主任特別提醒我，在女校教書要了解的禁忌，她說：「雖然你在好幾個學校教過書，不過女校還是有一些不太一樣的地方，身為『男老師』，得要多注意一點。」

那一整年，我一直把主任的教誨放在心裡，也不斷提醒自己保持好界線。不過直到後來，我才了解主任要暗示我的，原來不是這個。

那時，我總共被分配到日、夜間部共三個班的課程，不同系的班風，實際上也相差甚多。像美術科的女同學，大多頗有藝術天分，她們在經歷過高職的洗禮後，基本上都有一定的繪畫功力。較為內斂文靜，行為表現跟中文系的女生，也有相似之處。

幼保科的女生則是很懂得噓寒問暖，也頗有愛心，不少人其實已經在外頭工作，回來學校只是補個學歷。至於舞蹈科的同學，那可是活潑多了，上起課來，完全是很難把屁股黏在椅子上的模樣。有時上一節課剛被舞蹈老師操練過，很自然就會呈現虛脫的狀態。

一開始來到這裡，最困擾我的，其實是找不到男生廁所。因為是女校的緣故，校園裡多數的空間，本來就是設計給女性使用。少數的男性教職員，在這裡成了弱勢，就連洗手間的數量，也是少得可憐。

那時，往往得在下課短短的幾分鐘穿越大半個校園，才能在一個不起眼的角落找到男廁。後來，當我看到描寫美國一九六〇年代種族歧視時期，NASA 蘭利研究中心的電影《關鍵少數》（*Hidden Figures*）時，就可以同理身為數學天才與非裔女子的凱薩琳（Katherine Johnson），所面臨的一些窘境。

想要成長，就不能只待在同溫層

找不到廁所，其實也還是小事。最不能習慣的是，當一整個班都沒有男同學的時候，女性的某些「原始風貌」，也會開始大剌剌的展現出來。像是下課時間，就有女同學突然把一整盒的化妝箱放到桌上，開始表演「易容術」。

只見她先用髮圈把頭髮固定好，塗上化妝水、乳液後，開始上粉底、眼影、遮瑕膏、口紅，再順勢畫上眼線，戴上假睫毛。熟練的同學，大概十分鐘就可以幫自己換上一張美若天仙的臉龐。我第一次看到這樣的景況時，完全驚呆了，也終於相信《聊齋誌異》裡的〈畫皮〉，是有可能發生的事！

不斷的照鏡子、撥頭髮，說來也都是女孩子正常會做的事。最讓我感到困擾的，是會有女同學對男老師開黃腔，或稍稍遮掩就在教室換起外衣。好幾次，我都覺得無地自容，也對女生有種幻滅的感覺。

這時，我才真正了解當初主任的意思，其實她是要提醒我這個年輕的菜鳥：「小心被女同學們欺負啊！」所幸，經過我的說明跟制止，類似的情況不再出現。也讓我澈底覺悟：原來在女校教書，並不是大家所想的那樣夢幻。

所以，當我的學生問起我在女校教書的經歷時，我不知道到底該繼續讓這些工科男士們保持美好的想像，還是該讓他們知道：「想要成長，就不能只待在『同溫層』（echo chamber）[5]，偶爾也應該把自己丟到純男性或純女性的環境中，你對性別的認知，或許就會不一樣！」

5「同溫層」在氣象學裡本來指的是大氣層中的平流層，在這裡大氣保持著水平而很少有垂直的流動。後來也用來指稱，在一個相對封閉的傳播環境中，相近的意見不斷來回放大，讓身居其中的人不斷強化、鞏固自身的立場，進而排斥與之不同的意見。那些少數抱持不同意見的人，因而選擇默不出聲，成為一種「沉默的螺旋」。

國文課（5）

@單身，也要學會讓自己幸福

閱讀文本：《單身教我的七件事》系列廣告影片。
教學目標：引導學生思索人生要面對的婚姻與感情課題。

〈單身教我的七件事 Lesson 3：星期三我沒空〉廣告影片。

前些日子，有一則新聞被炒得相當火熱，那就是二〇二一年一月，台灣的新生兒首度跌破萬人，二〇二〇年的結婚率創十一年來新低。在我的臉書河道上，有不少朋友為了這個議題吵得不可開交，大家紛紛探究現代人不結婚、不生孩子的原因。在課堂上，我竟也被學生問到：「難道，單身不好嗎？」

同學的這個問題實在很難正面去回應，剛好我們在上「應用文」的廣告單元，我想到連鎖超商 7-ELEVEN，在二〇一八年曾經拍過《單身教我的七件事》系列廣告，還得到「4A創意獎」，就把這六支短片當作教材，跟他們分享我的觀察與思考，也讓大家順便提早思考一下單身的議題。

也許妳可以嫁給自己

當初會注意到這系列廣告，是因為發現〈Lesson 5 單身花嫁〉裡，有劇場女王謝盈萱參與演出。那時，《俗女養成記》（二〇一九）正在台灣各個平台火熱播出，她飾演的陳嘉玲，一個從台南到台北打拚的女子，沒車、沒房，也沒有老公、小孩。在邁入四十歲之際，放棄婚約回到故鄉重新思考自己的人生。最後認清，自己想要過的，其實是鄉下「俗女」的生活。

她在廣告中飾演的「學姐」，綁著俐落馬尾，總是以「大哥」的姿態照顧身邊的人。有一天，她突然穿著新娘禮服走進便利商店，笑嘻嘻的說自己不是要結婚啦！

那，又是為了什麼呢？

從她和父親的對話得知，原來她害怕跟媽媽一樣生病，會害到別人，所以盡可能的自己生活。拍婚紗，只是為了想在生病前，留住最美的樣子。這系列的廣告，最後都會有一句精采的「金句」，這則故事的文案是：「嫁給自己，也許是最好的決定。」我的體悟是，**愛自己也是一種人生很好的選擇。**

這個系列的首集〈Lesson 1 好好活著〉，就是一位需要重新好好學習愛自己的中年男子。這個故事來自於真實事件的改編，劉大哥是個好好先生，經常到便利商店幫太太買家用品，他的手機常響起的一句話，是太太說的：「可以幫我買衛生棉嗎？」

活著，就是愛你最好的證明

原來，他的妻子老早就過世了。為了想念，他一直維持著妻子生前的生活習慣。他們最大的遺憾，是沒有在日常的忙碌之餘一起去旅行。有一天，他終於打包行李，打包他們的結婚照，開著銀灰色的老車，踏上旅程。

我非常喜歡這則廣告的「金句」：「好好活著，就是我愛你的證明。」相愛的兩人，最終因為一些原因，只剩下一個人時該怎麼辦？也許好好為自己、為對方活著，就是曾經愛過的最好明證。

〈Lesson 2：偽裝〉裡的那個看起來迷糊的年輕女子非常可愛，她自己一個人住在出租套房，為了怕被別人知道自己獨居，所以假裝接到男朋友電話，到便利商店買了不少男性用品。浴室放了刮鬍刀、兩支牙刷，房間門口則有男生的皮鞋、運動鞋，甚至還買了運動雜誌，這是她媽媽教她的單身女子「防身術」。

或許她期盼的是：「偽裝久了……也許有一天就會變真的，誰知道？」這則廣告只有兩分多鐘，卻相當寫實、逗趣的描繪出都會單身女子的安全困擾。

「蘿蔔」和它的隱喻

其中我最喜歡的一則，是〈Lesson 3：星期三我沒空〉。一樣是真實故事改編的劇情，由許乃涵飾演一位長髮女子。每個星期三晚上的這個時間，女主角都會出現在便利商店吃宵夜，偶爾會有個男生陪她，但不會待上太久。開車的男子是她的同事，已經有女朋友了，所以，她的角色變成像有點尷尬的第三者。

這個廣告裡，有一個非常特別的隱喻。就是一開始，女主角想要吃關東煮的蘿蔔，可是卻賣完了，店員請她下次提早。到了故事結尾，她推掉了星期三的聚會，提早出現在便利商店，終於吃到了美味的蘿蔔。我反覆看了好幾遍，一直覺得這裡的「蘿蔔」，其實指的是「好男人」。

在錯的時間遇見對的人，帶來的也許就是空歡喜一場。最後，這個故事送給我們的句子是：「我單身，並不代表我隨時有空。」在感情中，或許我們都要避免成為「備胎」，那樣的單向付出，始終很難有回報。

〈Lesson 4：人生Q&A〉裡那位三十幾歲的男子，幾乎是「寄生」在便利商店，常常神出鬼沒的出現，把店當成自己家。有一次，媽媽要他回家吃飯，結果是找了一堆女性長輩來「催婚」。她們不斷宣揚結婚的好處：一個人煮飯很麻煩、單身的人容易得心血管疾病、多個人可以好好相互照顧、不要讓媽媽擔心……。最後是爸爸找藉口要他去便利商店買冰塊，方才成功脫身。

我覺得這則廣告的結論說的沒錯：「單身是種人權，沒義務向誰交代。」喜歡催婚的長輩，應該都要熟背這句話。

被緊急下架的「工具人」廣告

這系列廣告的最後一集〈Lesson 6：世上最幸福〉，當時上架五個小時就被緊急下架，網路上目前可以看到的，都是網友們的留存備份。故事描述女主角一次又一次的使喚男朋友蕭博駿替自己辦事，舉凡搶演唱會門票、繳電話費、買零食，他總是使命必達，結果還是「被分手」。

沒想到在一個深夜，又接到前女友的電話，要他幫忙搶門票，一張不夠，又要搶一張給現任男友。蕭博駿不但答應，還跟店員說：「誰說分手就不能幫她做事情的啊。」最後，跑出了這樣的字幕：「世上最幸福的事：只要她快樂，我也就快樂了。」

後續的效應是，網友猛烈批評 7-ELEVEN 不應該宣揚錯誤觀念，女主角的表現過度極端，加深大家對性別的刻板認識，「蕭博駿」一詞也成了「工具人」的代表。之後，拍攝這則廣告的工作人員跳出來表示，是為了加強戲劇效果，才做出這樣的劇情設計。蕭博駿是廣告製片的本名，他經常面臨代理商、導演、工作人員的各種要求，卻總是使命必達、樂觀以對，因此也得到「暖男」的佳名。可是，還是挽救不了廣告「被消失」的命運。

這系列廣告只拍了六集，其實是要觀眾加入自己的單身體驗，成為缺席的第七堂課。這六堂課的主角是都會裡的男女，比較可惜的是沒有老人家的角色。我猜，這是因為便利商店的客群主要是年輕人，強調的「單身也幸福」，針對的也是未婚男女，希望便利商店成為他們日常消費的處所，以及記憶的儲藏之處。

我的學生們其實都還年輕，現在談是否選擇單身，好像還有點早。不過，我希望讓他們了解，**不管是選擇踏入婚姻，還是最後決定單身，都要讓自己學著幸福。因為唯有自己幸福了，也才有辦法帶給別人幸福！**

【思辨與討論】

1. 你認為，社會上為何對「文科人」普遍存在較為弱勢的看法？
2. 你曾在男校或女校就讀過嗎？請分享你觀察到的較為特別的現象。

3. 就你的觀察，「同溫層」效應會造成日常生活中的哪些情況？
4. 你是否認同，「單身是種人權，沒義務向別人交代」？
5. 在愛情裡，單向的付出常常是苦痛或酸澀的，對於廣告中蕭博駿的「工具人」角色，你有什麼樣的看法？

【寫作練習曲】

廣告與我們的生活密不可分，而現代的廣告影片，經常以微電影的方式傳達核心概念，往往蘊含了許多創意，引人深思。請找出一支你認為最具特殊性，或最有設計感的影音廣告，以三百字左右的篇幅，介紹與分析它在主題、影像及創意設計方面的特色。

1. 請選擇一支廣告影片，描述它的主題傳達的是什麼概念。

2. 這支廣告片在影像方面，有什麼令你印象深刻的地方。

3. 這支廣告片中，有什麼創意的設計，請描述出來。

4. 請運用上述的寫作素材，完成一篇廣告分析文。

第6堂

謝師宴的前世與今生

很難想像，有一天，老師也會成為服務業。也許，你認為還不至於變得如此悲觀，但新時代的老師，角色確實與過去大相逕庭……

每年的五月，都是學校老師參加謝師宴的「旺季」。

大概是在二〇一二年前後，法務部廉政署曾經一度聲明，在學生畢業前，老師因為還有繕打成績的權力，怕會有「對價關係」，所以學生舉辦的謝師宴，除非事先跟政風單位報備登記，不然一概不能赴約。

一度被禁止的「謝師宴」活動

如此一來，那幾年間老師們對於出席這樣的活動，多半是避之惟恐不及，深怕一不小心就落入尷尬的境地。後來，法務單位也察覺這樣的規定不合理，所以廉政署又發出新的新聞稿指出：「尊師重道」是優良的文化傳統，學生因為感謝師恩而舉辦的謝師宴，屬於正常社交禮俗，廉政倫理規範沒有禁止老師參加謝師宴，也不需要報備。

終於，大家都放下了心中的大石。

不過在大學裡，要不要出席謝師宴這種事，其實是專業科系老師們才要傷腦筋的問題。共同科的老師跟學生接觸的時間本來就不多，也多半在大一、大二時就完成課程，若是能夠接到學生的邀請，那肯定是真正在課堂裡搏出了好感情。來到雲林任教的十年間，我曾經受邀過兩次，兩次都是同一個系的班級，也都讓我留下難忘的回憶。

還記得二十多年前，即將從大學畢業，我和班上另外兩位男同學一起擔任謝師宴的籌辦人。當時，尋尋覓覓、比較了多家餐廳後，決定在離學校不遠的台中福華大飯店舉辦。花了幾天跟飯店商議好菜色後，敲定每位同學繳交一千元，在當天和老師們一同盡歡，享受異國美食吃到飽的服務。

大師的爆氣致詞

那個年頭，宴會的場合裡還沒有什麼高科技，也不怎麼流行玩趣味小遊戲，大家的打扮也純樸得很。我被任命負責主持現場，輪流邀請老師們上台，給即將畢業的同學們嘉勉和祝福。然後，大家就暢快的吃飯、聊天，直到飯店打烊。

我們那一屆謝師宴辦得算是不錯，燙金的邀請函設計精美，有專門負責的同學恭恭敬敬送到老師手上。宴會舉辦前一天，還怕老師們太忙忘記時間，特意又請同學提醒了一次。不過，再怎麼設想周到，當天還是出現了讓人意想不到的狀況。

當時宴會才剛開始沒多久，老師們陸續抵達，同學們的情緒也都異常亢奮。突然，我們系上很資深的一位老師，走到台上拿了麥克風後，就把在座的同學給痛罵了一頓。

原來，有同學在他的教學評量裡打了很低的成績，還留了幾句批評的話。我們這位很有個性的老師，說他教書三十多年，從來沒有人給過他這樣的評量。他爆氣之後什麼東西都沒吃，一個轉身就離開了會場。

在場的同學和老師們，一下子全部都驚呆了。憑良心說，我們這位老師教學相當認真，又是那個學術領域裡的大師，負責教授的科目本來就是比較艱深、不討好的必修課。不知道被哪位「不上道」的同學這樣一搞，很自然的氣憤難耐。所幸，其他老師連忙跑來替大家緩頰，也很佛心的給了要畢業的我們，一些寶貴的經驗與祝福。那天，大家聊得很開心，也完全感受到畢業時光即將到來。

受寵若驚的受邀經驗

對比十多年後，我在大學任教，第一次受邀參加學生的謝師宴，這個女多男少的班級，找了學校附近的一家餐廳，邀請系上的幾位老師，也找到了大一時教過他們一年國文的我。當時說來，還真的有點受寵若驚。

十幾年後，學生們籌辦的謝師宴，多了許多高科技的影音設備。他們特意設計了一些小遊戲，讓現場的老師都玩得回憶滿滿。當然，最感人的，還是一長串手寫的感謝函與溫馨的大合照。第一次，我打從心底覺得，平常不管怎樣被學生「蹂躪」，當老師都還是值得的。

隔年第二次受邀，找我的又是同一系的學生。這次，他們找了較遠的星級大飯店。大家的衣著、髮型，看來也是特別裝扮過的。男的襯衫筆挺，女孩子則是爭奇鬥豔，一副要走星光大道的樣子。只是，準備的食物雖然豐盛，但師生之間明顯少了互動，只有比較熟稔的幾位學生來找我攀談，聊聊畢業後的打算。我跟其他老師和同學們致意後，便先行離去。後來，對於參加謝師宴這種事，就興趣缺缺了。

當老師成為服務業

有一次，聽在一所私校任教的朋友H說，他們系上的「謝師宴」，其實早就已經崩壞：「學生們呢，也不會先問過老師，而是自己喬好方便的時間、地點，再通知老師記得出席。老師們去了，宴會上也沒有準備任何的節目，而是由老師輪流上台獻藝取悅學生，好像學生們才是這場宴會的主角。」

「這還算是好的，」H的表情充滿著無奈：「答應要去參加後，還遇過有學生要我幫忙捐禮物，好讓他們在謝師宴的時候可以玩摸彩遊戲。如果沒有捐，或準備的禮物太差，就會被嫌小氣，列為學生口中的黑名單。所以，已經有好幾年，我一概都拒絕出席謝師宴了。」

曾幾何時，為了感謝老師們而存在的「謝師宴」，已經轉變成為「謝生宴」，老師變成服務業，倒像是捐禮物給企業尾牙活動的廠商。二十多年前，我心中那美好的「謝師宴」，似乎只能永遠留存在記憶中了。

國文課（6）

@食物代表的，永遠不只是美味

閱讀文本：〈小時光麵館系列：第四話　陽光佐夏威夷炒麵——甚麼料理？讓女兒笑了，卻讓父親哭了？〉廣告影片。

教學目標：從飲食文學的角度，談食物對我們的意義。

〈第四話　陽光佐夏威夷炒麵——甚麼料理？讓女兒笑了，卻讓父親哭了？〉廣告影片。

前陣子，因為對岸禁止台灣鳳梨進口的事件，大家紛紛發起一波「拯救鳳梨」的活動。

身為台南在地的子民，鳳梨本來就是我們餐桌上經常出現的菜餚與飯後水果，更何況，鳳梨還曾經救過我的老師，所以在我心中的地位，其實是非常神聖的。

說來，那也是二十幾年前的事了。

當時，我還在嘉義南華管理學院（今南華大學）文學所讀碩士班，住過大林，或往來過民雄、大林一帶的朋友們一定知道，那裡原是台灣鳳梨重要的產地之一。每天一早，我從租屋處開車到學校上課，總會經過幾大片的鳳梨田。原本不太愛吃鳳梨的我，也被這每日的風景，慢慢洗腦喜歡上這味水果。

鳳梨田裡的「神救援」

嘉義這一帶出產的鳳梨，美味的程度一點都不輸給台南關廟。後來，透過當地友人的關係，我們認識了一戶農家，可以直接把車開到門口，整箱採購剛採收的鳳梨。

以品種來說，台灣各地最盛產的，是俗稱金鑽鳳梨的「台農十七號」。但是，我自己最喜歡的，卻是牛奶鳳梨獨特的香氣，吃的時候不用害怕割舌，其美味程度還讓它一度成為奧運指定水果。

那麼，為什麼說鳳梨曾經救過我的老師呢？

這鳳梨田裡的「神救援」故事，也是聽我同學轉述的。有一次，他們上完一堂夜間的課程，我們這位女老師要開車回家時，因為起霧的關係視線不佳，車子在一個轉彎處衝出了馬路。幸好，旁邊就是一片鳳梨田，人毫髮未傷，就是車子被卡在鳳梨田裡開不出來。

隔天早上，拖吊車來了。為了避免破壞更多鳳梨，以及閃躲滿滿的刺，在農家與鄰人的圍觀下，花了好大的功夫，才把莽撞的車子從鳳梨田裡拖出來。因為要賠償農家的損失，老師就把撞壞的鳳梨通通買回去。

那陣子，不僅她的同事收到不少鳳梨，我們這些學生也雨露均霑的吃了不少。從此，鳳梨成為我心中的吉祥物，不僅飯後常吃，就連外出用餐時，也常點鳳梨做成的佳餚。

陽光佐夏威夷炒麵

課堂上，我跟學生說起這個故事。除了分享趣聞之外，其實是要連結一支跟鳳梨有關的廣告影片，從飲食文學的角度，談談食物對我們的意義，以及如何說一個跟食物有關的好故事。

這支廣告，是二〇一五年統一《小時光麵館》系列的〈第四話：陽光佐夏威夷炒麵——甚麼料理？讓女兒笑了，卻讓父親哭了？〉。開始的場景，設定在夏日的麵館裡，一位身著白襯衫、黑色西裝褲的中年男子走進來，對著老闆說：「我要一份夏威夷炒麵。」

在料理端上來的那刻，時間緩緩切換到一個月前。一個陽光很大，所有人都跑去吃芒果冰的夏日，店裡連一個人都沒有，老闆悠閒的翻讀起報紙。這時，一位學生模樣打扮的年輕女孩，背著白色背包，笑嘻嘻的拎了一顆鳳梨進來，劈頭就問：「可不可以幫我做一道夏威夷炒麵？」

這道料理，其實是老闆的獨門絕技，但是距離上一次幫客人做，已經是十年前的事了。因為現場沒有其他客人，女孩在老闆的同意下，用店裡的音響播放起 Philip Guyler & John Stax 的〈You Know I Love You〉，輕快的音樂聲中，老闆和女孩看起來都非常的開心。

女兒是父親前世的情人

然後，鏡頭跳回了現在。中年男子問著老闆：「一個月前是不是有一個年輕的女生，跑來你這裡吃鳳梨炒麵？」

這時觀眾才知道，這個中年人原來是女孩的爸爸。從他的口中我們得知，女孩從小心臟就不好，可是很努力的接受治療，樂觀、愛開玩笑。小時候家裡住在這一帶，特別喜歡吃這裡的夏威夷炒麵。後來搬家，搬離這一帶，上個月她偷偷溜出醫院，說要打包「這世界最美好的回憶」帶走。然後，就幸福的去了天堂。

那一刻，我們看到麵館的外頭下起大雨，這個鏡頭顯然是父親心境的一種投射。此外，觀察力比較敏銳的朋友也會注意到，一個月前，女孩在店裡播放的那首經典老歌，其實是廣告裡一個精心設計的暗喻。

這首一九五〇年代的雋永歌曲，用鋼琴和吉他演奏出一段真摯且深情款款的戀曲，講的雖然是男女之間的愛情，在這裡卻被借來用以傳達這樣的想法：女兒是父親前世的情人，一生要守護的天使跟寶貝，女兒的逝去為這位爸爸帶來的，是恆久難以抹滅的傷痛。

這系列廣告的最後，都有一段以老闆的口吻道出，很有意思的旁白。這裡說的是：「食物，為什麼存在呢？只是為了填飽肚子嗎？只是為了附庸風雅嗎？也許只是為了有一天，能溫暖一個人，感動一個人。」

食物與記憶的連結

這則廣告，很適合用來跟學生討論與思考「食物」。我們知道，**食物從來就不只是食物，它的背後更深刻的，是某些記憶與關係的連結**。就像兩個人能夠肩並肩的一起吃飯，那種感情絕對遠勝於面對面用餐。

我通常會設計一份學習單，讓學生談談最難忘的食物，或一次用餐經驗。請他們帶入人、事、時、地、物等等細節，也要告訴我們 how 以及 why。這樣通常很快的，可以完成一篇飲食短文的寫作。

有時候，我會換個方式。請他們分組，從創意行銷的角度出發，幫這則廣告重新命名；同時要說明，這樣命名的構思與緣由為何？

儘管，我教授的多數是跟這方面專長無關的工科同學，這幾年來我們相互激盪後，還是創造出了一些有趣的答案。像是，很八卦記者的命名法：「穿越十年的思念，只為了一碗陽光佐夏威夷炒麵。」「妙齡女子生前的最愛，竟是這一味……」「『夏威夷炒麵』是女子死後，爸爸與老闆共同的祕密。」

也有緊扣題旨而特別的題目，像是：「幸福來自陽光灑落的一角。」「我們吃的不只是美味，也是溫度。」「簡單的料理煮出食物，困難的料理端出回憶。」「我溫暖妳的胃，妳溫暖我的心。」

而我自己最喜歡的是這句：「我想帶走最好的料理，也留下最美好的回憶。」

讓同學們命名與講述出發點的同時，我也會讓他們票選大家心目中的前三名，再對結果進行分析跟討論。這樣，就可以設計一個有著滿滿鳳梨味的課程活動，也能夠讓他們深刻的理解：「食物代表的，永遠不只是美味。」

【問題與討論】

1. 你認為舉辦謝師宴活動，最大的意義與價值為何？
2. 每個人的生命中，都曾有過影響自己最深刻的一位老師，請分享和那位老師的相遇。
3. 請分享你認為最能代表這個時代的一支廣告。
4. 食物可以連結我們的某些回憶，曾經有哪一道料理，是讓你印象深刻的？背後的故事又是什麼？

5. 請幫這堂課的廣告，取一個你覺得最有創意的名稱。

【寫作練習曲】

食物從來就不只是食物，它的背後更深刻的，是某些記憶與關係的連結。在寫作時，除了描述色、香、味之外，食物所引發的想像和其背後的故事，才是更需要我們用心經營的。

請以三百字左右的篇幅，書寫你最深刻的一次飲食經驗。

1. 請選擇某樣食物，可以是一道菜或一樣水果，描述它的色、香、味。

2. 這樣食物讓你聯想到什麼？請概述出來。

3. 這樣食物讓你引發出什麼情感？請描述出來。

4. 請運用上述的寫作素材，完成一篇飲食短文。

第7堂

我們教的不是國文，是人生

從日常生活裡的「語言癌」，到新聞、影音節目中層出不窮的錯別字與怪句子，真的不難理解，搶救「爛中文」，為何已成為國家級任務！

走在幅員不算遼闊的校園裡，三不五時就會遇到以前教過，或現在正在修課的學生。和以前的熱情與純樸相比，這幾年學生已經不太流行跟老師打招呼。如果有學生佛心來的跑來跟我問好，通常也都是稱呼我為「國文老師」，而不是我的名字。

作為一個大專共同科的本國語文教師，我並不喜歡學生這樣稱呼我，因為這會讓我覺得自己教授的科目，不過是中小學「國語」、「國文」課程的延續；而學生是因為以前沒有學好，上了大學才不得不繼續補上這門課。可是，我也很清楚，在學生跟許多社會大眾的心目中，好像真的就是這樣認為。

國文課程的「有用」與「無用」

儘管這些年來，各個大學中文系或是國文科，都不斷努力的在進行課程改革。簡單一點的，把課程改一個更具應用性，或更符合時代潮流的名字；進階一些的，努力翻轉內容，讓它往閱讀、寫作或思辨的方向前進，在傳授學生知識與智慧之外，也讓他們擁有「真正帶得走的能力」。

目前可以看到的改革成果，其實已然相當豐碩，也做出一番不錯的成績，然而在許多學子或其他科目老師的心目中，那還是讓人聽起來不會怎樣喜歡的「國文課」。

當前的現實是，儘管多數的大專院校，還是把國文課列為「校共同必修」，要求大一乃至於大二的學生非修不可。但也開始有學校把本國語文課程與通識課程相結合（可以互相取代），或者改列為選修。原因就在於，在教育部要求大學整體畢業學分下修的過程中，大家也在通盤檢討，大學是不是還要繼續上「國文」？這樣的課程擺在那邊，到底是「有用」還是「無用」？

指稱其「無用」者，多半認為學生從小到大，已經學了這麼多年的本國語文，實在沒必要上了大學，還繼續被這樣的科目「荼毒」。甚至有些專業科系的老師，認為這會排擠到其他專業課程的學習時間，想要掄起大刀除之而後快。

相信它「有用」的，也不免強調其「工具性」，認為現今學生的國語文能力確實需要補強，或者應該跟專業科目、職涯發展等等相互配合，教授寫報告、簡報口說、企劃案、產品說明書、求職履歷自傳等實用性技巧。

上面這兩種說法，與國文老師們的認知，普遍有著不小的差距。

搶救「爛中文」已成國家級任務

對許多大專本國語文授課教師而言，他們要教的理應是文學，是人生。基礎語文的任務，在中小學的階段早就應該完成；進入高等教育的殿堂後，學生學的應該是進階的閱讀與寫作，以及衍生而出對現實人生種種課題的觀察與思辨。然而「理想很豐滿，現實很骨感」，這十幾年來，整個大環境中文能力的嚴重崩壞，早已讓搶救「爛中文」，成為國家級的緊急任務。

日常生活裡的「語言癌」，從不斷使用「然後……然後……然後」，「這個部分……、那個部分……」，到開口閉口必稱「做一個XXX的動作」，用語不是囉唆累贅，就是沒有邏輯可言。打開電視新聞，看到大量的錯別字與怪句子，也常讓人懷疑記者是不是根本沒校對。就連前幾天，在某付費影音平台上收看韓劇《Voice》（奪命殺聲），都會看到譯者把「千斤頂」翻譯成「截肢器」的嚴重謬誤。只能說，這種對文字、語言的輕忽，實在是誇張的澈底！

在這個社群網路時代，我們的確大量仰賴影像、聲音的傳播，但也不可否認，諸如元首、意見領袖乃至於平民百姓，在媒體上短短的一則文字貼文，都可能引起國家、社會極大的震動。語言、文字用對了，可以創造出良善的正向循環；用錯或用壞了，卻也可能像漫威（Marvel）電影裡的大反派薩諾斯（Thanos）一樣，毀掉二分之一的宇宙。

在台灣，一九八〇、九〇世代出生的青年們，都還有比較多的機會接觸到紙本，二十一世紀之後出生的學生，完全都是在影音、手遊的環境中長大的。他們的生活裡，若摒除掉考試的因素，幾乎就沒有閱讀、寫作可供置喙的餘地，也因此，語文能力下墜的情況，比高山上的雪崩還要恐怖許多。

「語文」、「文學」並重的大學國文課

舉例而言，以前要一位大專學生寫一千五百字的文章，基本上不會是什麼難事；但現在要他們寫超過五百字，就開始會有人耍賴皮、鬼打牆。在學生們經常出沒的Dcard與PTT版上，更是經常看到許多寫了一堆文字，卻不知道是在說什麼的貼文。

這樣的「爛中文」，常逼得大學端的老師，不得不再幫學生補強基礎的語文能力，讓大專的本國語文課程，真正成了中小學的延續。就這樣，大學國文科的教師們，同時承受著「語文」與「文學」的教學重擔，在已經或即將遭受刪減的鐘點裡，努力撐起不那麼被重視、卻其實很重要的一片天。

這幾年，我在自己的課堂教學上，除了對語文的某些堅持外，也努力讓學生在有餘裕的閱讀和寫作中，重新愛上文學；而後，才能夠在作者、作品視角的帶領下，重新核對與思考自己的人生。這麼多年來，我始終深信一個道理：「**如果所學的東西，不能跟自己的生活或生命連結起來，那些學習最終都成了無用而浪費的。**」

所以同學們，下次如果在校園或街上遇到我時，請不要喚我「國文老師」。記得老師的名字，真的一點都不困難。

國文課（7）

@無法被遺忘的〈穿山甲人〉

閱讀文本：〈穿山甲人〉，柏楊撰文。
教學目標：引導學生關注罕見疾病，了解報導文學、影像的特質與社會影響力。

◆延伸閱讀：
〈最長壽魚鱗癬患者 張感謝台灣〉，《聯合報》影像報導。

那天，當你把袖子捲起來的時候，我的眼眶竟不自覺濕潤了起來。反倒是你安慰了我：
「老師，沒事的。謝謝你。」

就算已經過了十多年了，我依然非常懷念，那一年在台東教書的日子。那是我博士班畢業後的第一份工作，也是我第一次如此貼近「後山」土地。

雖然大家把「花蓮」與「台東」都稱為「後山」，但實際上這兩個相連的縣市，給人的感受與樣貌卻截然不同。與花蓮山海的鬼斧神工和遊客的絡繹不絕相比，位處於台灣東南方的台東，只有約二十萬的住民，生活節奏要慢上好幾拍。

慢活台東的生命經驗

假日沒有課時，除了走訪市區裡的琵琶湖，我最常做的就是開著墨綠色的老車，沿台十一線緩慢前進，享受溫煦太陽的自在與慵懶。有一次，看到一個攤位上掛了這樣一個牌子：「很慢的釋迦。」

一時之間，還真的反應不過來，心想：「台東的步調慢到連釋迦都是慢的嗎？」開了好一段路之後，才驚覺在「很慢」與「現摘」之間，是台東人的行銷巧思，也是他們善用語言的幽默之處。

那一年，我多次走訪都蘭山上的祕境。有一次帶著學生去採訪自然寫作者王家祥，也聽他談起怎樣在西子灣人潮過多之後，繞行整個台灣，最後決定在都蘭山下定居，經營起民宿，幫助流浪狗兒。

不過，這些遊歷的美好，怎樣都比不上在課堂上和你們的互動。會選擇夜間來學校進修的同學，多半白天有別的工作。這個班的組成分子非常多元，有在地的布農族住民，有厭倦台北生活回故鄉創業的中年女子，也有已經退休的電信公司主管，還有常說要找我喝小米酒不醉不歸的阿美族帥哥。當然還有你，這個班的年輕班代。

那時候，學校的國文課程並沒有統一教材，有好幾位老師接了教育部計畫，也各自發展自己的教學特色。課堂上，我特意選了多篇台灣文學作品，既有應景的在地文學，也有當時特別關注的報導文學作品。其中，讓我留下深刻記憶的，就是柏楊（郭衣洞）的〈穿山甲人〉。

初讀〈穿山甲人〉

第一次讀到這篇作品，是在東華大學須文蔚教授的「現代散文」課堂上。一九八二年，柏楊應馬來西亞馬華公會的邀約，前往吉隆坡演講，輾轉從《新生活報》社長周寶源和總編輯吳仲達那裡，得知了張四妹的事。回國後，他以報導文學的方式寫下〈穿山甲人〉一文，分上、下兩集發表在七月十二、十三日的《中國時報》。結果引發熱烈的迴響，不僅迅速湧入大量善款，台灣林口長庚醫院也發揮愛心，無償提供醫療援助。

張四妹之所以被稱為「穿山甲人」，其實是因為她罹患了一種罕見疾病「魚鱗癬症」。

一九四八年，馬來西亞農夫張秋潭在果園耕種時，看到一隻穿山甲，想捉時，牠卻跑進山洞裡去。眾人在洞口架起木柴燃燒，想用煙把牠薰出來，卻怎樣都不見蹤跡。

五個月後，張秋潭的太太彭仙分娩，第一眼看到孩子的時候卻驚呆了：「作母親的被產婆的駭叫聲驚動，等她第一眼看到孩子時，立刻暈厥在產床上，等她甦醒後，抱著孩子，眼淚像雨一樣的沖洗著嬰兒渾身的鱗甲。她知道她生下來的不是一個女孩，而是一個怪物。」

生下這樣一個「穿山甲人」，在純樸、保守的鄉下，儼然就是穿山甲來復仇的詛咒。在眾人的驚恐與欲除之而後快的反應下，張氏夫妻把張四妹藏在不見天日的斗室。張氏夫妻沒有辦法，也無法幫女兒醫治怪病，他們的眼淚在日復一日中幾乎流乾。張秋潭在女兒十歲的時候過世，臨終前還不斷呼喊：「兒啊，兒啊，你跟爹一塊死吧，一塊死吧，留下你，我死不瞑目。」

報導文學與影像的力量

就這樣過了三十多年被幽禁的日子，直到有一天張四妹意外被人發現，她除了全身的皮膚沒有一塊完好之外，也沒有眼瞼。柏楊在文中，大量運用譬喻法，寫實而又悲憫的描繪著她的外型：「她頭髮全無，光禿的頭頂，雙眼幾乎呈五十度角度的向上吊起，鼻子塌陷，嘴唇突出，牙齒像墳崗上凌亂殘破的墓碑。而其中一個門牙，卻跟大象的牙一樣，沖破尖聳的嘴唇。然而，使我們發抖的還不是這些，而是她滿身鱗甲。」更恐怖的是「因為她沒有眼瞼。三十五年來，她一直像一條魚一樣，兩眼圓圓的瞪在那裡，眼眶像一根燒紅了的火炙鐵圈。」

後來，長庚醫院幫張四妹做了人工眼瞼手術，才終於讓她可以「闔眼」，可是嚴重的魚鱗癬症卻無藥可治，只能暫時用藥物舒緩皮膚的龜裂與疼痛。

初次讀到這篇文章時，我的內心就感受到巨大的震撼，既為張四妹的遭遇痛惜，也為柏楊以筆助人竟能發揮如此影響力，而感到歡欣鼓舞。當我有機會站上大學課堂，就把這篇文章收進我的教材裡，一來，希望學生能夠一同來關注罕見疾病的議題；二來，也讓他們知道報導性質的文字和影像，可以產生不小的影響力。

課堂報告和你的故事

我還記得，那是開學的第二週。上禮拜剛發完一疊厚厚的講義，也說明了這學期課程進行的方式。花了些時間分完組後，我要大家認真翻閱課本，分別認領後面幾週要報告的文章。話才剛說完，你便自告奮勇代替組員選了最長的這篇，並且預定好在第十四週報告。

大概是第一次上到這種文學式的課程，講究分析、整合與延伸思考，學生們一開始都有點適應不良。準備的課堂報告不是資料零散，就是拼貼過多沒有消化的資訊。後來在幾次引導與調整下，大家竟然越玩越開心。有時討論到一些特別的議題，還會相互交鋒、意猶未盡，絲毫不顧白天上班的疲憊，硬是要與我一同「奮戰下去」。

就這樣，步調緩慢的來到了第十四週，輪到你們組上台報告。開始前，我看到你在最後一刻都還在調整簡報。你是這一場的主講者，總計三十多頁的簡報，從魚鱗癬症的介紹，張四妹當時與後續的相關報導，報導文學所帶來的社會影響力等等，扎實而豐富的解說，硬是把規定的二十分鐘變成了兩倍。好在，大家也不管已經下課，還是津津有味的聽著你說。

好不容易結束，人群慢慢散去後，我走向前讚揚著你的表現：「這是我第一次遇上這麼認真的學生，你把簡單的課堂報告，幾乎當成了碩士論文口試在準備。」

這時，你笑著問了我這樣一個問題：「老師，你覺得我有什麼不同？」

我第一時間不太明白你的意思，你又問了一次：「我看起來，有沒有什麼不一樣的地方？」

我上下打量，唯一覺得奇怪的是，不管天氣如何炎熱，你總是以一身長袖現身。這時，你慢慢捲起衣袖，露出鮮紅、斑駁的皮膚，說道：「我的症狀比較輕微，不過讓別人看到的話，可能也會嚇到人吧？所以我才都遮掩起來，班上同學也沒人知道。」

那一刻我才終於明白，你為何如此堅定的選擇了張四妹，只因，那是你們共同的故事，也是我始終相信，文學得以療癒人心之處。很謝謝你帶給我這寶貴的一課，我也會把這樣的文學信念，繼續傳遞下去。

【思辨與討論】

1. 你認為，大學階段還是要上國文課的原因為何？
2. 為什麼「如果所學的東西，不能跟自己的生活或生命連結起來，那些學習最終都成了無用而浪費的」？請舉例說明。
3. 你的生活周遭是否有人罹患罕見或重大疾病？他們如何看待自己的人生？
4. 什麼是「報導文學」？為何這類文學作品有著強大的社會影響力？
5. 請分享你印象最深刻的一次課堂報告經驗。

【寫作練習曲】

報導文學是運用文藝寫作的手法，反映現實生活中真人真事的一種文體，內容必須建立在事實的基礎上，不能憑空虛構。手法上，要運用形象生動的語言寫出真人真事，能夠描繪具體的形象感受。請觀察你生活周遭特別的人事物，用五百字的篇幅，搭配三到四張照片，完成一篇報導文學作品。

1. 請簡介你想要採訪的對象，並具體的描繪其形象。

2. 說明你的採訪原因與採訪主題。

3. 請羅列五個採訪題目。

4. 請運用上述的寫作素材，完成一篇具文學性的報導文學作品。

第8堂

讀寫教育需要雙軌並進

全球化年代，不只學生需要學習，成年人也可以透過「讀」、「寫」能力的掌握，強化自身學習能力，以迎戰職場與人生的巨浪。

◆延伸閱讀：〈【警廣台中台】我們可以從美國讀寫教育改革中學到什麼〉曾多聞訪談影片。

前些日子在偶然的機緣下，讀到了旅美新聞記者曾多聞所寫的《美國讀寫教育改革教我們的六件事》（二〇一八）一書，發現美國教育界早已興起一波「找回被忽略的R：wRiting」的浪潮。

這幾年，有識的教育人士無不發現，在全球化與多元化的社會裡，寫作其實是幫助大學生在校園以及社會，取得成功的重要工具。好的寫作者不但能夠寫，還很善於思考，同時也懂得學習。因此，寫作力不只是學生學習力的衡量指標，也是出社會後自我學習、不斷成長的能力指標。有鑑於此，讀寫教育的雙軌式規畫，已經是美國這三、四十年來戮力進行的工作。

「寫」的實際作用性大於「讀」

在台灣，我們過去的中文教育，一向把重心放在基礎語文的訓練及閱讀上。十多年前，中文閱讀與書寫並重的發展風潮，從大學端開始發酵。由教育部主導的「全校性閱讀書寫課程推動與革新」，從一〇〇學年度推動至今，已經有了豐碩的成果。

在中小學端，閱讀素養與寫作素養的推動，也正如火如荼的進行著。從一〇八課綱課本選文的調整，現今各入學考試的題幹增長，寫作題的獨立測驗與複雜度增加，都在宣示：新時代寫作力的發展，必須跟閱讀力的發展同步。

這些年來，不少先進國家在進行大量的觀察與研究後發現，寫作力的不足，已經成為個人與國家發展上嚴重的阻礙。在坊間我們也可以看到，關於閱讀與寫作的素養書籍、臉書社團、線上課程不斷湧現。

因為大家最終會發現，閱讀是一種學習與自我成長的方式，寫作則是釐清思維、表達自我、人際溝通，乃至於創造影響力的手段，「讀」與「寫」都是我們相當仰賴的學習工具。全球化的年代不只有學生需要學習，成人們也需要自我增強，好迎戰職場和人生的巨浪，創造屬於個人的品牌。

根據蓋爾・湯普金斯（Gail E. Tompkins）在二〇一七年出版的《二十一世紀的讀寫教育》（*Literacy for the 21st Century: A Balanced Approach*）一書所做的分析，我們可以發現閱讀與寫作的行為，有三個值得注意的共通點：一是，閱讀者與寫作者使用的知識性策略經常是一樣的；二是，閱讀力與寫作力的發展歷程頗為相似；三是，兩者在進行時，也使用很多相同的技能。

換言之，「閱讀」與「寫作」的學習，實際上是相互呼應的。只不過好的寫作者閱讀能力通常很強，善於閱讀的人卻不一定能夠寫作，所以學會寫作其實就也學會閱讀，「寫」的實際作用性，是大於「讀」的。

寫作力培養的兩大重點

如果我們把寫作當成是「解決問題的手段」，那麼寫作教育的重點，就在於教導學生運用各種不同的手段與方式，進行文章的構思，確認影響的受眾（Audience），進行初稿撰寫與文字編修，以及選擇適合的平台露出與出版。所以，**寫作力的培養重點其實是在思考（推理）的厚植，以及自我學習力的養成上**。

掌握寫作力的關鍵是在「閱讀推理」，以及在構思、組織的過程中，逐漸掌握人類思維「輸入」與「輸出」的運作模式。在還沒有熟悉這樣的模式之前，寫出來的東西，有可能像斷爛朝報般不具首尾、錯雜漏缺、全無體裁。這時，就需要仰賴不斷反覆的修改與鍛鍊（多寫、多改），逐步強化自己的邏輯思維與架構能力（多想）。一旦養成這樣的「原子習慣」（Atomic Habits），也就等於找到增進自己觀察力與決策力的方法。

在我看來，讀寫教育的雙軌並進，還不單單只是「輸入」與「輸出」的問題而已，更加關鍵的是，怎樣把所學的東西內化而後活用。在不同學習領域裡，這種思維的運作其實都在不斷進行著，這也就是為何閱讀與寫作不單只是語文教師的責任，各種學科的老師也都該熟悉讀寫教育。

如此一來，寫作就不該是一個獨立或被孤立的科目，而是可以在不同的科目間傳授，進行跨科際整合與運用的基本工具。這樣，不同學科的老師都可以把寫作，當成是讓學生熟習與反饋教學內容的必要模式。

在實際操作上，不同學科對於寫作有著不同的需求與要求。像是實驗報告與文學美文的形式和規範，本身就有極大的差異；藝術鑑賞的成果也不可能用醫學產出的方式，來進行記錄。不同學科的老師可以讓學生把自己的所學，用學術或嚴謹的方式表達出來，諸如撰寫歷史研究、商業計畫書、科學實驗報告、醫藥成果報告等等；也可以讓他們以不同的文字或圖繪的形式，將心得記錄下來，做為課堂上的交流與討論之用。

跨領域寫作力的學習與掌握

語文學科的老師，在其中扮演的任務應該是：讓學生在感性與理性的各類文體中，掌握基本的語文應用與推理思考模式，透過基礎語文與書寫模式的建立，讓他們在學習不同學科的表述方式時，能夠更快、更靈活的上手。

不過，這些年在推動「閱讀與寫作」課程的過程中，遭遇最大的困境之一，就是老師或許懂得怎樣教閱讀，卻不一定懂得怎樣教寫作。其中一個關鍵或許來自於，老師本身也沒有不同文體、文類的寫作經驗。

當然，有寫作經驗也不意味著就一定能教寫作，因為這其實是兩種不同的能力，就像有人可能很會寫作，但不一定就善於演講。所以，寫作教學其實是一門專門的技藝，需要真正專門人士的帶領，才能整體性的提升老師們寫作教學的能力，進而運用在實際的教學上。

身而為人，我們幾乎每天都在「表達」。「表達」的目的是為了與其他人溝通，也是為了讓別人「懂你」。就像我們每天在LINE、IG、臉書上的大量貼文與照片，都是為了要表達自己的情感與遭遇，尋求他人的理解與認同。**要讓別人懂你，首先要擁有的，就是好的表達能力。**

「寫作」的過程中，我們不僅在進行著文字與邏輯的訓練；同時也是在為口語的表達，做很好的奠基工作。我很喜歡「火星爺爺」許榮宏的一句話：「在這個時代，我們都是一位灰姑娘，需要南瓜馬車和魔法，讓自己變得與眾不同。」寫作與說故事的能力，正是這種魔法，讓我們有機會登上影響力的舞台。

國文課（8）

@寫作，打造屬於你的原子習慣

閱讀文本：《寫作課：從閱讀經典寓言出發，打造五大關鍵寫作力》，高詩佳著，秀威少年出版。

教學目標：帶領學生從人物、創意構思、敘述、修辭、描寫等方向，培養寫作力。

◆延伸閱讀：

〈2019-12-18 漢聲廣播電台「fb 新鮮事」節目：《寫作課：從閱讀經典寓言出發，打造五大關鍵寫作力》介紹、高詩佳 作者、王文仁 教授 專訪（秀威少年）〉訪談影片。

《閱讀素養即戰力：跨越古今文學，提升閱讀與寫作力的30堂故事課》，高詩佳著，印刻文學出版。

前些日子開始，每天規律的維持寫文，只要生活中略有空檔，就會在電腦前或手機上敲打鍵盤、整理思緒，完成一篇五百到一千五百字的文章，貼到臉書上。文章的題目、題材不限，大抵是日常的所思，以及關注許久的教育與人生課題。寫了一陣子後，竟也寫出分享次數破百、被網路媒體《太報》轉載的〈現今大學生的六個觀察〉。可見在網路上好好寫文，的確是可以增加自己的曝光度。

我會這麼認真寫文章，除了想記錄想法，最關鍵的因素還是在於：日常生活中看多了學生與新聞裡的爛中文，感覺語文能力每天都在迅速的「退化」。為了避免這種提早到來的「文字癡呆」以及「手麻腳麻」，最好的辦法就是逼自己練兵。

剛開始，這樣的文章從構思、寫作到完整性的調整，可能要花上一個小時。慢慢的縮短為半個小時，到現在只要十幾分鐘就可以完成。有時，當天的觀察與體悟較多，寫個兩三篇也不是什麼難事。我的想法是，既然要教閱讀與寫作，身為老師的不讀不寫、不以身作則，那可不行！

如果沒有洋蔥，又怎麼讓人流淚？

根據多年的教學經驗與觀察，會視寫作為畏途者，除了因為經歷大小考試，不斷被強迫「產出」，而壞了寫文章的胃口外，一開始多半是卡在不知道該寫些什麼（what）。有了書寫的素材後，才又困擾於不知如何下手去寫（how）。

照我來看，寫作除了實用性的要求之外，多半還是跟生活中的觀察、體悟最相關，如果沒有「情動於中」，確實很難寫出有感受力的文章。講一句現實的話，如果沒有洋蔥，又怎麼能夠讓別人流淚？

文壇上力行規律寫作的作家不少，他們多數如運動選手，透過每日定量的自我訓練，達成產量與品質上的維持，可說是相當重要的「原子習慣」。像是知名的小說家村上春樹，就數十年如一日的維持著運動和寫作。在他心中，寫作靠的是持之以恆、是堅持，而不是倚靠大家眼中的「才華」。

對一般人來說，每天寫下一些文字（如日記、臉書貼文），既可以記錄當時的心境，也可以留下寶貴的想法。除非是為了交作業，或是要彙整某些成果而寫，寫作最大的好處，我覺得是幫助自己思考與決策。

至於進一步的謀篇，以及運用不同視角與修辭等等，找到好的教學引導教材，然後學習、模仿名家，是真正的不二法門。如果，你還沒有找到適合的練功指引，或者是不知道如何說故事，不妨可以讀讀高詩佳老師的《寫作課：從閱讀經典寓言出發，打造五大關鍵寫作力》（二〇一九）一書。

寫作，掌握關鍵五大元素

高老師是兩岸三地知名的寫作名師，也是語文教育類書籍的暢銷作家，目前已有三十幾本著作出版，也獲邀至上百所學校團體演講、授課及師資培訓。她在這本書的自序〈寫作力：五個關鍵與五十堂寫作課！〉裡特別提到：「很多人以為，電子資訊發達的年代，寫作還有那麼重要嗎？事實上，不僅哈佛等大學把寫作課定為全校重要的必修課，許多企業也在大聲疾呼：『寫作力的不足，嚴重限制了員工專業的發展與機會！』……搶救寫作力，成了近來最熱門的議題，不僅各類型的考試強化寫作測驗的長度與難度，寫作素養的提升也成為小學到大學語文教育的關鍵指南。」

就我的觀察，這本書最獨到的地方，就是把寫作拆解成「人物」、「創意構思」、「敘述」、「修辭」、「描寫」等五大關鍵，在每個關鍵元素底下，各設計了十堂寫作課。透過這五十堂寫作課，作者希望提點我們寫作的各式要領，打造精采、實用的寫作力。在內容的設計上，每篇的開頭都有一小段精采的引言，做為重點提示，這些引言本身就是很好的寫作指引。

像是〈第五課　塑造人物形象，推動劇情的發展〉的下面寫著：「寫作的第一步就是先設定人物，只要登場人物的角色性格確定下來，他們就能自動充實故事中的每個部分，推動劇情向前發展，所以塑造人物形象是寫作中最重要的功課。」

而〈第四十四課　對比描寫讓事物形象鮮明〉的引言則說：「沒有秦檜的奸，就突顯不了岳飛的忠，在現實生活中，兩者是水火不容的敵人，但是在文學藝術上，兩者又是缺一不可的搭檔，這就是對比的藝術，帶來的是對立面的和諧。」都讓我們快速掌握到一堂課的講授要點。

人物的深度，決定故事的精采度

在這五大關鍵中，「人物」扮演著相當重要的角色，我們可以說，任何一部經典或成功的作品，都少不了好的人物塑造。就像大家會記得《三國演義》裡的劉備、關羽、張飛、趙雲、曹操，《水滸傳》中的武松、魯智深、潘金蓮，《西遊記》裡的唐三藏、孫悟空、豬八戒、牛魔王，《紅樓夢》裡的賈寶玉、林黛玉、薛寶釵等人，就是因為他們的形象相當鮮明，令人記憶深刻。

更不用說現代電影裡的「蜘蛛人」、「蝙蝠俠」、「鋼鐵人」、「超人」、「綠巨人」，就是因為這些人物，我們才對這些漫畫與電影感到興趣，**所以學會刻畫人物，是學習說故事的不二法門。**

至於「創意構思」，在我看來，不但是說好故事的法則，也代表了我們是否有能力創造不同凡響的靈感和體驗。書裡提出了一些具體的策略，像是連結、組合不同的事物成為一個新的事物，「逆向思考」突破順向思維，「換位思考」傳遞不同的人物思想，藉由「聯想」創造新奇的感受，以及加入奇幻與懸疑的因素等等，這些方法可以幫助我們打破既有框架的限制，寫出翻轉的結局與想法。

像是〈第十七課　因果關係的重要〉就提到《莊子．逍遙遊》裡〈不龜手之藥〉的寓言。故事中，有家傳護手霜祕方的宋國人，世世代代做著漂洗棉絮的工作，勉強可以維生；可是用百金買下這個配方的商人，卻靠著它立下戰績、得到封賞。同樣的藥方，不同的結果，差別只在於如何創意的思考與運用。

用「敘述」與「描寫」幫文章打磨

「敘述」這一個要素，經常讓學生們丈二金剛摸不著頭腦。用簡單一點的方式來說，就是用各種不同的方式，來說一個好的故事。**說故事如果沒有技巧，就像一碗拉麵裡頭沒有配料，一下子就讓人生厭了。**只有讓自己擁有各種不同的武器，才能在寫作時隨意變換，讓故事精采紛呈。

具體的方法包括弄清楚：好的故事如何開頭？怎樣透過場景的鋪排吸引讀者？如何用不同的視角貫串整個故事？對話怎麼寫才會讓人意猶未盡？像是〈第二十七課　故事的結尾〉，作者就從實戰的角度告訴我們：「在結尾留下餘韻，適當的留白，給讀者深思的機會，關鍵就是不把結局寫死。有時，甚至可以讓讀者憑著結尾的線索自己去『腦補』，就像作者邀請讀者共同創作一般。」

如果說，前面那三個要素，講的都是寫作上的大方向；那麼「修辭」跟「描寫」，就是女孩子打好粉底、上好乳液之後的細磨跟妝點。包括像是怎樣讓文字變得有聲有色？如何進行感官的摹寫？怎樣掌握人、事、時、地、物這五個故事的主要元素？以及如何進行心理與各式的描繪等等。

一如本書第四十三堂課的引言所說：「寫到故事重要的人、事、物時，就像在舞台的聚光燈打在它們的身上，要多費筆墨去刻畫，並以大量生動的比喻、華麗的文字、眩目的色彩，進行工筆描繪，務求形神兼備。」掌握住其中的一些要訣，就可以讓文章以美女的姿態粉墨登場。

這本書如果說還有什麼值得嘉許的特色，就是透過五十則短小精鍊的寓言故事，帶你深入的閱讀理解和推理，尋找故事的漏洞，再分析寫作的要點，並且實戰性的示範該如何進行故事新編。這樣的課程設計，確實符合我心目中閱讀、寫作雙軌並進的樣子。所以，如果你真的有寫作上的困擾，又希望用一本書幫助自己練功，不妨找一下來看，相信會有不小的助益。

【思辨與討論】

1. 為何說寫作力的培養，重點是在「閱讀推理」的培植上？
2. 你是否認同，「寫」的實際作用性遠大於「讀」？原因為何？
3. 你是否有過社群貼文被分享、轉載，或作品得到獎項的經驗？
4. 讓你印象最深刻的小說人物是誰？原因為何？
5. 請分享你最難忘的一次寫作經驗。

【寫作練習曲】

老師某天收到一封學生的來信：

老師您好：

我是XX系的XXXX，學號4100001。

我有意願參與您所開辦的「預言與人生」選修課，不知道您是否可以簽和我的申請？

謝謝您

看了信以後，請想一想，這封信到底出了什麼問題？

首先，這門課的名稱是「寓言與人生」，老師不是巫師，不會「預言」。第二，是「簽核」，不是「簽和」。第三，「開課」不是「開辦」，「開辦」是建立、舉辦的意思，通常用在企業或組織之創設。第四，要教授有意願，才會有機會加選，同學光是表示自己有意願，很難說服教授你是真心想修這門課。

了解以上表達的誤區後，現在請改寫這位同學的請求信：

1. 請簡單的自我介紹、表明身分，讓教授認識你。

2. 請誠懇和有禮貌的，向教授說明你的訴求。

3. 請在信的結尾，加上感謝教授的話和祝福語。

4. 請將以上的寫作材料，組織整理成一封短信。

第9堂

想學好外文，必須先學好中文！

想把外文學好嗎？其實你應該先把中文學好！請看大學應外系主任的現身說法，告訴我們中文與外文的學習同等重要。

那天中午，跟應用外文系的前主任W學長吃飯。他是我同一所高中大了十幾屆的學長，更是台大外文系的高材生。畢業後先工作了幾年，才到美國名校留學，拿了碩士與博士學位，早了我好多年來到學校任教。我們常聚在一起聊天吃飯，交換對教育現場的觀察和看法。

前陣子，剛好國文課程打算進行一系列改革，好趕得上時代的潮流。W有很豐富的語文與心理領域的教學經驗，所以中午吃飯時，我藉機請益，想聽聽外文系老師對於「爛中文」的看法。

外文系老師對「爛中文」的看法

吞下最後一口排骨麵後，我問了學長：「以您的切身觀察，中文能力如果不好，會影響到外文的學習嗎？還是這兩者之間，其實沒有太大的關係？」

學長放下筷子，推了推眼鏡，緩緩說道：「這個問題，有學者做過非常專業的研究，我不是這方面的專家，不過可以分享一下自己的理解與觀察。我的想法是這樣的，一個語言的學習者，**如果自己本身的母語或本國語言沒有學好，在學習外國語言上，也會遭遇到一定程度的困難。**這裡頭有共通性的語感問題，也牽涉到基本表達能力，跟邏輯思維的問題，可以從很多不同的角度來看。」

「學長的意思是說，如果這個學生中文的表達能力或組織能力有問題，那麼學習外文時，也會遇到同樣的問題嗎？」

「這個可以分成幾個不同的方面來說。第一個是，如果這個學生的語感，天生就比較不好，那麼在學習語言的時候，不管是本國語文或是外國語言，都會遭遇共同的困難。所以，我們會看到，音感好的人可以同時駕馭好幾種樂器；而比較有語感天分的人，同樣可以在不同語言間切換自如。這裡頭除了後天的學習，先天的影響還是存在的。」

「還有呢？」我端正坐好，繼續聆聽學長「開示」。

「第二點，本國語言其實是我們從小最大量使用跟接觸的語言，如果這個語言的基礎沒有打好，那麼要做進一步的延伸學習，的確會比較辛苦。第三點，我們身處在華文社會中，即便你學會了其他語言，也還是經常要中、外文切換使用，如果中文不好，就沒有辦法靈活的進行轉換跟對譯。」W學長一口氣把他的想法說完，拿起桌上的水杯喝了口水。

強化中文能力，學習外文更容易

「這麼一說，我也想到，在翻譯上要能夠做到『信』、『雅』、『達』，或者可以從事現場口譯的人，都是能夠同時掌握多重語言的。」對身為英文苦手的我來說，那些人真的都不是普通的厲害。

「的確是這樣沒錯！」學長點了點頭，又繼續說：「所以我們外文系的學生，在進行語文或文學訓練的同時，我都會要求他們，回過頭想辦法強化自己的中文，或修一些相關的課程。剛開始，學生會覺得很奇怪：『明明我們念的就是外文系，為什麼還要特別強調中文能力？而且這兩種語言間的學習，難道不會互相干擾嗎？』不過後來他們的確慢慢感受到，**中文能力強化了，學習外文也更容易上手，這就是語言之間的協同作用。**」

我繼續追問敏感的問題：「那學長贊成小孩子很小的時候，還沒學好中文，就拚命學外文嗎？」

「應該是這樣說，不管是本國語言還是外國語言，其實都是一種語言。對小孩子來說，都是一種發音和辨識。我們經常會看到一種迷思，就是既然我們身處在中文語境裡，每天又都會使用到中文，何必再特別努力去學？乾脆就把精力拿來好好學習外文就好。就我一個外文領域的教師來看，這樣的想法其實是很自相矛盾的。」學長笑了笑，一副早知道我會問這個問題的樣子。

每天都在用，不代表中文很好

「怎麼說？」我好奇的追問著。

「因為你每天都在使用中文，不代表你的中文就會很好啊。『能用』跟『很好』，基本上是兩回事。除非你將來就是要完全到國外發展，否則你還是需要好的中文能力，幫助自己進行其他學科的學習，與日常生活裡的溝通、表達、思辨、鑑賞等等。所以，雖然多重語言的學習很好也很重要，但既然你要生活在華文圈，自己的語言還是不能偏廢。」學長的這一段話，根本就是在替本國語言科目的老師背書。

「對啊！」我馬上應和：「我們國文老師不斷在強調本國語言的重要，但學生跟家長多半很難深刻理解。也可以說，當前的教育環境太著重在考試，課程安排經常是為了應付考試而存在。很多人也是一直要出了社會，才意識到溝通表達與閱讀寫作，其實是人際關係與職場上的利器。結果是，在學校沒學好的，出了社會就得付出更高的代價去學習。」

我看到網路上有不少溝通、寫作的課程，開出來的價碼隨便都好幾千、上萬，可是大家還是趨之若鶩。問題是，人們在學校求學時，卻經常將它們棄之如敝屣。

學長有些無奈的看著我說：「這就是現實人生吧！我們盡力，然後就看學生的選擇了。」

結束這一場對話後，我們起身各自走回研究室，準備繼續迎戰下午的課程。這次，有了W學長的背書，我終於可以大聲的對學生們說：「你們看，連外文系的主任都強調，『想學好外文，就要先學好中文。』所以你們，就好好接受老師我的魔鬼訓練吧！」

國文課（9）

@改變你的語言，改變你的世界

閱讀文本：〈Change your words, Change your world〉廣告影片、〈一個廣告人的生命啟示〉演講影片。

教學目標：引導學生思考如何運用語言描繪情境，激發同理心。

〈Change your words, Change your world〉廣告影片。

〈Rory Sutherland：一個廣告人的生命啟示〉演講影片。

今天上課前你來找我，遠遠走來時，就看到平常活潑開朗的你滿臉愁容。

你好不容易開口，說：「前天跟女朋友聊天，她覺得我說話不尊重她，可是我覺得沒怎樣啊，然後我們就吵架了。」

我好奇的問：「你到底說了什麼？」

你懊惱的說：「我只不過對她說『妳變漂亮了』，這應該是讚美吧。」

第一時間我安慰著你，心裡卻也知道，這其實是人生常態！有時我們覺得沒什麼的一句話，卻帶來意想不到的結果。說別人「變漂亮」，像是在說對方以前並不漂亮，難怪女友會生氣。該說馬兒總有失蹄嗎？還是，我們其實都太小看語言的力量了？

今天的寓言故事，正好要談的也是表達的問題，我要你先回去坐下，也許等等聽完後，心中會有不一樣的答案。

今天如此美好，可是我看不見

故事開始前，先來看兩支短片。第一支是一家英國的行銷顧問公司「Purple Feather（紫羽）」，為了宣傳他們的行銷能力與對精準文字的追求，拍攝的廣告〈Change your words, Change your world〉。

在一個陽光燦爛的午後，所有人都歡笑著。一位眼睛看不見的老人家，穿著深灰、厚重的衣服，坐在台階前乞討。身旁放了一塊紙板，上面寫著：「I'm blind please help.」那日，經過的人其實不少，但願意停下腳步的，卻是寥寥可數。

就在他一臉愁容時，一位身穿黑色風衣、脖子綁著絲巾，戴著墨鏡的時尚女性走了過去，她斜眼瞥見老人家紙板上寫的字後，又走回來，從身上拿出黑色簽字筆，拾起紙板在背面寫了幾個字，放好後就瀟灑離開了。這個老人唯一摸到的，是這位女士穿的一雙高跟鞋。

就這樣，奇蹟開始發生。路過的人瘋狂掏出口袋裡的零錢跟大鈔，往老人的身前投放，不到片刻，他的鐵罐子裡已多出了不少錢。

不久，那位小姐又經過老人的面前，老人摸摸高跟鞋，知道這就是稍早幫自己改寫紙板的那位小姐，連忙問她：「妳對我的紙板做了什麼？大家都願意掏出錢來了！」

那位小姐說：「我只是幫你把想要表達的，用不同的語言呈現出來而已。」然後，瀟灑的轉身離開。

這時，鏡頭緩緩帶到老人前方的那塊紙板，原來的文句已被那位小姐改為：「It's a beautiful day and I can't see it.」

廣告最後，在一片紫色的背景裡，出現幾個巨大、純白的文字：「Change your words, Change your world.」以及這家公司「Purple Feather」的網址與資訊。

描繪情境，激發同理心

看完這支兩分鐘不到的廣告，我從學生臉上的表情可以看出，他們確實感受到語言的重要性。不過，我進一步要追問的是：「可以不可以告訴大家，前後兩句話到底有什麼不同？為何會帶來不一樣的結果？」

「老師，前面這句話比較直白，好像就是直接說完，就沒了。」你很快的舉手回應。

「還有嗎？」

「我覺得『請幫助我』這幾個字，不太有說服力耶！就是一個在乞討的樣子！」坐在你前方高高瘦瘦的女孩，接著回應。

「那後面這一句呢？給你們的感受是什麼？」

「看到後面這一句，我不會覺得是要強迫推銷，感覺是在描繪一種情境，然後有情感的流動在裡頭。」教室左前方穿黑色T恤的男同學，很快的回答了。

「這麼說好了，想吸引人們的關注，就必須激發彼此之間的連結。老人一開始在紙板上寫的句子，就是我們平常說話的表達方式，很直接、很理性，卻沒有什麼連結感。後面小姐改的這句就不同了，它先描繪一個情境，告訴我們這是多麼美好的一天，這是大家很自然可以感受到的。」

我用目光掃射了一下四周，繼續說道：「而中間的轉折用語，要創造出來的就是前後的落差與對比。大家都可以看得見，唯獨你眼前的這個人，沒有辦法跟我們一樣自在的生活，享受生活的美好。在這種語言的設計底下，內在的同理心與哀憐之心，就被激發出來了，這就是連結！」

「所以就達成要大家協助他的目的？」坐在教室最後面身材魁梧的同學說。

「是的。所以最後才說，當你的表達方式改變了，你的世界也會跟著改變，命運也會大不相同。簡單來說，話不只是要說好，也要好好說。語言文字的力量就是這麼大！」

「抹黑」與「美白」的行銷手法

如果大家有一點感覺了，那我們要乘勝追擊再來看一個演講的影片。這是英國奧美集團副總監 Rory Sutherland，二〇一〇年在TED上的分享，講題是〈一個廣告人的生命啟示〉。

他要談的是，**廣告經常透過改變我們對一個事物的認知**，而非這個東西本身，來製造出行為的**改變**。這個方式，也可以運用在我們的人生，只要改變你的想法或表達方式，就可以創造出截然不同的結果。這個短片有十六分鐘，不過我們只看其中最經典的兩個例子，它們很常在商業行銷與說故事的書裡出現。

十八世紀的普魯士國王腓特烈大帝（Friedrich II）執政的時候，德國人基本上只吃小麥，國王認為如果能夠有兩種主食，就可以減少麵包價格的動盪，以及饑荒的發生，因此他很想推動馬鈴薯的種植。可是，當時的德國人吃的蔬菜很少，也很討厭這種醜陋的植物，農民寧可被處死也不願意種植。

腓特烈大帝發現來硬的沒用，苦思多天後，決定換一種不一樣的作法。他找了一個好日子當眾宣布：「馬鈴薯是皇家專用的食物，除了王公貴族以外，一般人不可以栽種跟食用！」

當時的人知道一個道理，越是被禁止的東西，就越有價值。早就洞悉民眾心理的腓特烈大帝，還特別交代皇宮侍衛：「看守馬鈴薯田的時候，千萬不要太認真！」結果沒多久，德國出現大規模的地下種植，馬鈴薯的品牌形象就這樣成功的被「洗白」了。

另一個例子，發生在土耳其國王阿圖塔克（Mustafa Kemal Atatürk）身上。在走向現代化的過程中，他非常希望土耳其社會可以拋棄戴面紗的習慣。可是，如果貿然禁止，只會帶來嚴重的反抗。於是，他運用水平思考，發布一道引發震撼的新命令：「即日起，妓女們都必須配戴面紗！」

結果，在命令出來的隔幾天，再也沒有土耳其婦女敢戴面紗了，因為她們都深怕被貼上妓女的標籤。這樣說來，阿圖塔克這「抹黑」的一招，比起腓特烈大帝，可說是有過之而無不及。

「聽完今天的三個例子，對於怎樣表達，以及語言的重要性這件事，是不是有更深刻的體會了？」我想學生們應該都會有所感，不過還是要問一下。

「老師，我知道了。以後我會學習換位思考，說話的時候更加小心，不然真的很容易就黑掉了！」你終於露出陽光般的笑容。

我猜，以後在女朋友面前，你應該不敢再肆無忌憚的說話了吧！不過，這到底是件好事還是壞事呢？我想，學會說話，真的是很重要。

【思辨與討論】

1. 依據你自己的學習經驗，你認為從什麼階段（年齡）開始學習外語，會是比較好的選擇？
2. 你認為本國語言跟外國語言之間，應該是一種什麼樣的關係？
3. 你有沒有因為說錯話，而惹怒過別人的經驗？
4. 請舉日常生活中的例子，說明同一句話用了不同的表達方式，結果就會不同。
5. 請舉例說明，廣告、行銷如何透過改變認知，影響人們的行為？

【寫作練習曲】

日常生活中，我們經常仰賴 LINE 等社交軟體來傳遞訊息。然而，錯誤或不夠精準的表達方式，往往導致不必要的誤會，情緒性的語言更是容易產生爭端。在這裡我們可以練習正確的表達方式，從個人真實的感受出發，透過客觀事實的描述，表達自己的看法與期待。請看以下的 LINE 對話：

NG的表達方式	正確的表達方式
媽媽妳真的真的很過分！ 你都不記得自己曾經說過什麼。 你就是每次都忘記自己曾經答應過的事，才會讓人這麼生氣！	媽媽我現在真的很難過。 因為你忘記之前答應要買給我的禮物了。 我希望以後可以記得我們約定好的事，這樣我才會覺得有被重視喔。

看完以上的 LINE 對話，比較過兩種說話方式的差異後，也請你練習一下表達的藝術。假設你的媽媽不小心將你的物品弄壞了，也許是將車子刮花，或是將你的白襯衫染色，你應該如何對媽媽表達？

1. 一件事情發生時，先描述個人此刻的感受。

2. 接著客觀描述發生的事實。

3. 最後表達個人內心真正的期待。

4. 請將以上的寫作材料，組織成一則精確表達情感的 LINE 短文。

第10堂

不要讀人文學科，好嗎？

文科生在求職上所面臨的困境，一方面是社會氛圍與產業結構性的問題，另一方面也在於是否能夠落實學用，練就屬於自己的「職人之藝」。

昨天在臉書上，看見以前研究所同門學弟的貼文，他提到自己教過、今年剛畢業的外文系學生，總共丟出八十幾封履歷，最後勉強收到三間公司的面試回覆，到底能不能順利錄取，現在還不知道。

對比幾天前，他在一家速食連鎖餐廳聽到的，幾位工科學生的對話：「碩士畢業後進去竹科，薪水最少五萬元起跳！」

他不免萬分感嘆的說：「讀人文學科，真是辛苦！」

人文學科，求職重災區

的確，在台灣不只是讀人文，舉凡社會、藝術、體育、音樂等等，除了主力發展的醫藥、科技之外，出路都不怎麼好。當然，最主要的重災區，就是集中在文史哲身上。

就一個文科畢業的博士來說，我很清楚，人文學科在我們社會不受重視的程度，其實是全面性的。當初高中選擇念社會組時，就被旁人認為是因為數理能力不佳，才做了「次等」的選擇。

更別說上了大學、讀了中文系以後，簡直就成了哲學系之外的校園邊緣人。班上的女孩子雖多，但大多只願意跟工科或商科的男生約會、交往，因為在她們眼中：「文科男生多半將來沒有前途，不列入考慮！」

一個文科博士的養成，要花比別人更多的時間，畢業後卻又往往四處碰壁，經常只能靠著零散的兼課，領著微薄的鐘點費度日。我自己在二〇〇七年畢業後，也是先後丟出了三十多封的履歷，面試十一次，才找到一份專任教職。我常在思考，如果當時找不到研究或教學的工作，除了去兼課或打工外，還真的不知道自己可以做些什麼。

現在的高教環境，比之於過去，無疑又更加的惡劣。由赫伯．柴爾德瑞斯（Herb Childress）所寫，描繪美國高教處境的《兼任下流》（*The Adjunct Underclass: How America's Colleges Betrayed Their Faculty, Their Students, and Their Mission*）一書，清楚描繪出目前美國高教的現況：大學裡專任教師的比例不斷下降，高達百分之七十的老師是按課堂計酬的兼任教師，缺乏足夠的福利和保障，也很難看得到未來，只能不斷奔跑在不同學校的課堂中，為謀求溫飽而努力。

「實用」與「應用」之路

我覺得文科生面臨困境的癥結點，除了少子化引爆的高教危機外，也在於台灣社會的整體氛圍，與產業的結構性問題，讓人文學科的畢業生，若沒有在人文薰陶的過程中也學會一技（或多技）之長，畢業後很快就會面臨艱困的求職問題，就算沒有變得窮苦潦倒，也很難有真正的「錢途」。

那麼，有沒有得以逃脫這個魔咒的例子？

有，確實也有像阿里巴巴集團創辦人馬雲那樣突破圍困，專一或多角化經營的佼佼者，但那畢竟是少數，很難讓大家普遍都循著這樣的模式去走。這也是為何，這幾年來許多人文學科，都要不斷往「應用」或「實用」的道路去走。

因為，當越來越多滿懷熱血的學科畢業生，畢業後都處於四處碰壁、拋頭顱灑熱血的情況，那麼很現實的，願意再進來這個領域的人就會變少（就像有一陣子重症醫學專科很不容易招到新學生）。再加上洶湧而來的少子化影響，接下來恐怕會有不少人文社會科系（包含其他偏向理論的科系），從研究所到大學部都會面臨招生不足，乃至於停招、倒系的困境。

人文藝術學科面臨的這個魔咒，不是現在才有，也不是只有台灣正在經歷。二〇一五年，日本在推動新一波的「國立大學改革計畫」時，就要求文學院、社會學院、人文學院等，要能突出學科特色以及對社會的貢獻，否則就應該被檢討或廢止，也震驚當時的日本教育界。

眼前這種嚴苛的發展局勢，確實讓身為人文學科的老師，都很疑惑該不該鼓勵學生繼續往這個方向走。以我自己所讀的中文系為例，在現代社會的高度轉變下，不只大眾有諸多質疑，讀中文系的人也必須一再自證，自己能為這個社會或在職涯上，做出什麼樣的貢獻。

傳統文史哲的教育，重視的是「沉浸式的學習」，透過對經典大量且反覆的吟詠與理解，最終能夠有所透徹領悟與陶冶心性。在個人有所提升的同時，才能進一步的「齊家」、

「治國」、「平天下」。這一段學習歷程，絕非兩三天可以成就，「十年寒窗苦讀」對文史哲領域的人來說，經常是「a piece of cake」。這個過程不但漫長且需要絕對的專注，因此像《儒林外史》描述中舉後歡欣到瘋癲的范進，在還沒高中前被當成十足的「米蟲」，也是相當無奈之事。

或許，中文人可以搬出的，是曹丕《典論．論文》的那套經典說法：「文章，經國之大業，不朽之盛事。」我用符合現代潮流的話來翻譯，意思就是：我們讀中文系的人，搞的可是攸關國家社稷的大事。有朝一日，一旦寫出真正的好文，一定可以轉貼分享破萬，澈底改變這個世界，讓自己一戰成名、留芳百世。問題是，這樣的想法太不實際，也經常被狠狠打臉。

「職人之心」與「職人之藝」

回頭來看，在傳統中文教育的底蘊裡頭，文學確實是拿來「用」的，也是可以創造出實際的社會影響力。問題只在於：懂不懂用？如何創造出符合於現在，或更具前瞻性的用法？好讓我們這一代，以及之後的文科人，能夠找到屬於自己的立足之地。

長遠來看，在未來的人工智慧時代，我們的確需要更多人文的創新與內容，但是現階段的台灣，這些相關產業與社會的接受度，既有其先天上的侷限，也還處於嗷嗷待哺的景況中。此外，即便大家可以理解基礎培養的重要性，但整個社會的氛圍，都是希望「一日速成」、「現學現賣」，自然很難耐住性子等待開花結果。

所以，雖然大學不該只是職業訓練所，我們還是得讓學生了解到，將來職場可能面臨的洶湧；同時也要鞭策他們，在熱烈接受人文薰陶的同時，也得好好思考將來之計。

在這裡，我也奉勸人文相關領域的學生，**在擁有「職人之心」**的同時，**也得練就自己的「職人之藝」**，諸如修讀輔系、跨領域學程，提早去打工、實習磨練社會經驗，或是學習怎樣投資、創業。基本的生活與生計問題解決了，也才能更踏實的追尋自己的夢想；否則，再多的理想，都只會淪為空談。

國文課（10）

@讀懂文章，你需要對的時間與契機

閱讀文本：〈我的生日禮物〉，王文華撰文。
教學目標：引導學生思考人生的優先順序，學會對生命的尊重與謙卑。

已經十多年了，每次上到王文華的這篇〈我的生日禮物〉，都還會想起那天妳在課堂報告時，哽咽而後痛哭的模樣。

第一次在報刊上讀到這篇文章，我二十七歲。那時一個人隻身在遙遠的花蓮讀博士班，雖然已經不是青春的年紀，對於未來還是有許多美好的憧憬，也覺得文章裡描繪的景況離我還很遙遠，當下也沒有太深刻的感受。

可是不到一個禮拜，有天突然接到母親的電話，她用沙啞的聲音說：「外婆得了胃癌，病程發展得很快，一直不敢告訴在外地讀書的你，現在已經考慮是否要住進安寧病房。」

突然出現的噩耗

聽到這個噩耗，我第一時間的反應是：馬上請假訂車票回去。可是母親還是勸我，把手邊的課程跟報告完成，不到半個月就是寒假了，屆時可以好好陪伴外婆。

知道這個消息後，好幾個夜裡我輾轉難眠。外婆年輕時身強體壯，在媽媽工作的紡織工廠裡煮飯。我還是幼兒時，只要父母工作忙碌，媽媽就會將我託付給住在附近的外婆照顧。長大後，我到外地讀書，外婆和外公一起回鄉間的老家養老。前些年，外公去世後，她因為不習慣跟其他兒女同住，選擇一個人獨居，親戚們也常去探望她。沒想到，這次傳來消息，卻已是病重。

那兩週，我盡量利用課堂之餘飛快寫著報告。寒假第一天，就迅速跳上花蓮直達台南的南迴列車。車子一路經過鳳林、光復、瑞穗、池上、關山……。車行緩慢，我的內心卻有綿長的憂愁。外婆才七十幾歲，人生正是享福時，怎會就患了絕症？

中午出發的火車，到達高雄時天色已經昏暗，窗外下起了細雨，就差半個多小時，就可以回到台南。這時卻接到母親的來電，她鼻音深重的說：「你外婆剛剛安詳的走了，我們在醫院處理後事，你就先回家，不用過來了。」

即使過了這麼多年，我還是很遺憾當時沒來得及見外婆最後一面。那年農曆年前，我患了難治的感冒，將近半個月只能病懨懨的躺在床上。有天夢裡，外婆來和我道別，要我別再傷心，好好陪伴家人。就這樣，我把博士班的課程修完，提早搬回台南，一面撰寫博士論文，一面在嘉義、高雄、台南的幾個學校兼課。

讀懂文章的時間與契機

是那時候，我又找出了王文華的〈我的生日禮物〉，把它帶進課堂裡。不過，不知道是不是年紀的關係，讓學生讀過幾次後，發現有共鳴的人實在不多。直到那一次，妳在分組報告時，分享了自己父親早逝的經驗，說到激動處忍不住痛哭，一整包面紙用完都還不夠，同學連忙安慰失怙而哭紅雙眼的妳。

那時，我也才真正的明瞭，**有些文章不是不好，只是時間和機遇未到。**

教過好幾次後，我想到了一些有趣的引導方式。比方說，一開始要學生先別讀文章，從標題去發想，「我的生日禮物」指的是什麼？大家會提到像是豪華的大餐、有紀念價值的鞋子、白花花的鈔票等等。

「生日禮物」對他們來說就像是個許願池，可以裝進不少有形的東西，像是昂貴的手錶與機車等等。那麼，無形的呢？學生會分享自己一些特別的經驗，像是滿十八歲生日時的歡欣，師長或朋友們的祝福等等。

這些年來讓我印象深刻的例子，是有一位女同學分享了這樣一個故事：有一年生日前夕，她收到了寄自中國的糕點，滿臉狐疑之際，打開一看原來是七、八年前隨著家人到對岸發展後失聯的舊友，依然掛念著她，特地花了好大的功夫寄來。那陣子剛好是三聚氰胺毒奶粉事件發生之際，她當然是不敢吃下那些點心，不過就此又跟朋友聯繫上了，真的是一件很棒的事！

開頭與結尾的呼應

接著，我們讀到這篇文章的開頭：「爸爸在二〇〇〇年的十二月十七日過世，兩年後的今天，我依然收到他送我的禮物。」很快就會發現，原來這是一篇攸關生死的書寫。

文章說的是，王文華的父親在一九九八年發現罹患淋巴癌，在兩年對抗病魔的過程中，一路面臨腫瘤復發、化療、放射、免疫治療失敗，還因治療引起中風。可是直到去世前，他的父親都不曾放棄，甚至還藉機要幫他牽紅線：「癌症或中風其中之一，就可以把有些人擊垮。但爸爸跟兩者纏鬥，卻始終意興風發。……復健、化療、求祕方，甚至這樣他還嫌不夠忙，常常幫我向女復健老師要電話，『她是台大畢業的，我告訴她，你也是台大的，這樣你們一定很配。』」

這樣的樂觀，並沒有得到相應的回報，在病魔的面前，我們無奈、掙扎、痛苦、質問，這樣的人生功課最後可以得到的，就是學會對生命的尊重與謙卑。十二月十七日，剛好就是王文華的生日，他從父親的生病與逝去，學到三件重要的事，並且把它們稱之為讓自己重生的「生日禮物」。

這三個禮物分別是：「視野」、「搞懂人生的優先順序」以及「承認自己的脆弱」。文章結尾呼應的告訴我們：「這三樣禮物的代價，是化療、電療、中風、急診、呼吸器、強心針、電腦斷層、核磁共振。他離開，我活過來，真正體會到：誕生，原來是一件這樣美麗的事。」

我在帶學生閱讀這篇文章時，除了透過細讀，點出文中運用的寫作技巧外，最重要的還是從「生命教育」的角度出發，討論三件禮物背後的意義，並讓學生連結自己的生命與生活，進行分組討論和寫作分享。

三個珍貴的生日禮物

「視野」在這裡指的是，看待事情時不要只顧眼前，應該把事情放到整個漫長的人生中，去判斷它的輕重緩急。有些當時你認為很嚴重的事，像是考試考壞了、被分手失戀、比賽時因為疏忽沒有得到獎牌等等，一旦拉長時間來看，都不過是芝麻綠豆大的小事。可是我們卻往往因為這些小事，痛苦、糾結、自責，久久不能自已。

有了「視野」後，才能進一步「搞懂人生的優先順序」。王文華體悟到的是：「失去了可以分享成功的對象，再大的成功都只是隔靴搔癢。」我的學生們也常會提到，有不少人年輕時把學業、名利的追求放在前面，卻沒想到這些競逐，讓他們捨下珍貴的自我與情感，最後「窮得只剩下錢」。

「承認自己的脆弱」說的正是「無常」，我們雖然經常懊悔於人生的意外，但也正是「無常」，讓我們學會珍惜擁有的一切。這三件禮物，合起來其實是一個完整的三角形，可以用來檢視自我人生的盲點，以及幫助我們釐清，哪些才是生命裡重要且該花力氣去珍視的。

中年之後，益發喜歡這篇文章，後來在編寫《現代文學閱讀與寫作：散文篇》（二〇一五）時，就把它收了進去，且列為首篇。我想的是，學生們也許現在還無法深刻體會其中的內涵，但文學教育本來就是在種下種子。有一天，當他們的人生也走到這一步時，也許會想起曾經有位老師，帶領大家一同讀過這樣一篇文章。如此，也就夠了。

【思辨與討論】

1. 「文科生」在現實社會中遇到最大的困境是什麼？
2. 你認為人文學科往「應用」或「實用」的道路走，是好事還是壞事？為什麼？
3. 如果你是一位「文科生」，你會怎樣幫自己累積專業和能力？

4. 有沒有一些文學作品，是你一開始讀到時沒感覺，後來卻很喜歡的？

5. 你怎麼排列當前自己的人生優先順序？原因為何？

【寫作練習曲】

每個人在一生中都會收到珍貴的禮物，在「生日」這個重要的日子裡，所收到的禮物更是別具意義。在你的心目中，什麼樣的禮物才是有價值的？同時回憶一下，你曾收過什麼印象最深刻的禮物？請以〈我的生日禮物〉為題，以三百字左右的篇幅，寫下最難忘的一件生日禮物。

1. 你收過最難忘的一件生日禮物是什麼？

2. 請簡述收到這個禮物的時間、地點與情況。

3.這個禮物對你的意義與價值為何？

4.請將以上的寫作材料，組織整理成一篇短文。

第11堂

大學必修的六個學分

上大學絕對不只是為了讀書而已，對現在的大學生來說，「學業」、「社團」、「愛情」、「打工」、「人際關係」和「態度」，都是超級重要的必修學分。

每年大一新生進來，在國文課堂裡，我總會利用第一週的課堂簡介，跟他們談談大學必修的六個學分。六個學分的前面四個，是大家經常談到的「學業」、「社團」、「愛情」跟「打工」，後面兩個則是「人際關係」和「態度」。

必修的「學業」與「社團」學分

在「學業」上，我會建議學生踏出自己的舒適圈，嘗試不同領域的課程與學程。在這個變動快速的年代，單一專長已經很難應付未來的需求，學校規畫的輔系以及跨領域學程的設計，都是為了讓大家成為一個多領域的專才。

此外，我也會要大家好好思考，整個大學必修的課程有一百三十幾個學分，但經過十年後，真正對你造成影響的課可能不到十門，講得出名字的老師不到五個。人的時間跟精力有限，除了一般的學習外，也要好好思考「能力」與「興趣」的交集處，才能把那些關鍵能力「點好」、「點滿」。

至於「社團」，我發現學校占多數的工科同學們，對參加「社團」意願不高。原因可能在於，他們的課業本來就相對繁重，額外參加社團會增加不少負擔；另一個可能是，對某些同學來說，手遊的世界比社團活動更加迷人。

事實上，社團除了是發展課業之外的興趣，也是學習人際關係的重要處所，跟「打工」

一樣，可以提供同學在正式踏入社會前，一些社會化的適應與訓練。我自己讀大學時，也是在社團裡強化了編輯與口說的能力，之後又當上幹部，帶領大家一同舉辦大型活動，這些經歷對後來的職涯發展有不小的助益。

「愛情」和「打工」需要緣分與機會

講到「愛情」，工科學校的男同學就會相對的喪氣，在一個男多女少的校園，這個學分可能從大一到大四都是「死當」，甚至根本沒機會修到，所以偶爾會聽到他們自嘲是「母胎單身」、「已經魯很久」，或是「好人卡收集器」。

這時，我會拿出漫畫中的兩個例子與他們共勉，一個是《灌籃高手》裡被拒絕五十次的櫻木花道，另外一個是《烏龍派出所》中失戀過一百八十三次的本田速人。最後，一騎上摩托車就會性格大變的本田，還是成功追到了美麗的漫畫家女友。所以，緣分來時就要努力，但千萬不要當「怪叔叔」！

根據我每年的統計，技職體系的學生「打工」比例相當高，除了家裡經濟上的需求外，也跟他們普遍比較早接觸社會有關。課堂上，同學們往往會分享打工時，遇到的種種趣事以及甘苦談。

對那些從來沒有打過工的同學，我會勸他們找機會去嘗試，一來可以累積經歷，二來也是提早跟社會接軌，讓自己更早認清社會現實。我在高中畢業後，陸續有機會在校內與校外打工，少數工作用得上本科系的專業，但大多擔任的還是純勞力的職務。這些工作儘管賺的不多，卻讓我提早對未來有了一些符合實際的想法與規畫。

「人際關係」與「態度」是進階的修煉

在這四個學分外，這幾年我還會額外強調「人際關係」跟「態度」的重要性；尤其是最後這個學分的修煉，其實是串連前面五個，影響我們一輩子。

說到「人際關係」，我們知道，整個國家、社會的運作都依賴群體。不管是在學校還是社會，都需要相互配合才能完成任務。即使是個體戶如 SOHO 族，也得跟廠商們合作或接案，才能滿足基本需求和持續發展。所謂「一個人走得快，一群人走得遠」，人際關係在其中扮演著關鍵性的角色。

中年之後，對於人際關係的養成，無疑有著更深刻的了解。經常有些事情，「有關係」就很容易完成，「沒關係」或找不到合適的人協助，就會一直卡住。更實際的是，人際關係好的人，往往也具備領導特質，在職場上可以擔任管理職，拿到比一般人更高的薪水。所以，我也會叮嚀學生，在提升自己的同時，也要學習經營人脈，尤其是大學時代的朋友，將來說不定就是一起創業的好夥伴。

第六個學分「態度」，是這些年特別加進去，而且不斷在課堂上提及的。一來，聽聞不少學校每隔一段時間，就會接到職場實習端的反映，說學生的學習或做事態度不佳；二來，日常生活中的確也看多了，「態度」決定結果與人生的例子。不希望老師跟學校好不容易把學生的能力培養好，結果卻讓他們因為態度的問題，出社會後到處碰壁，以至於影響長遠的人生。

兩個跟「態度」有關的小故事

這時，我會跟學生們分享以下兩個故事，第一個故事是這樣的。

有一對兄弟，每天都帶著自己家裡種的菜，爬過村落前面的一座高山，到另一頭的鄉鎮去賣。因為這座山很高，所以每天清晨出門，到那裡時已經是中午。等到賣完了菜回家，都已經接近黃昏。

有一天，弟弟就跟哥哥說：「如果我們眼前的這座山，可以矮一點就好了。」

這時，哥哥拍了拍弟弟的肩膀，微笑的說：「不，我希望這座山可以更高一點，這樣跟我們一樣到另一邊去賣菜的人，就會少上許多，我們的菜就可以賣到更好的價錢了。」

說完了之後，我會引導學生們思考：「你們覺得哥哥還是弟弟，更容易獲得成功呢？」透過這樣的故事與提問，他們多少就能體會，對某些人來說叫作「門檻」的東西，對另一個人來說可能是「優勢」。所以除了技術能力外，能夠運用逆向思考看待一些事情、勇於接受挑戰，也是非常重要的。

另一個故事，則是前些日子剛剛發生的。同事W的車子停在學校，等忙完事情回來，卻發現輪胎沒氣了，於是想起之前配合得不錯的輪胎行，約好隔天一早來補胎。

不過那位老闆一來，同事W就覺得他「怪怪的」，只隨便看了一下，也沒拿儀器測試，就說輪胎爆管了，需要更換，還強調如果不換，就會出事！可是，輪胎明明才換過沒多久，胎痕還很深，加上他覺得這個老闆的態度變得很差，於是給了二百元車馬費，就打發他走了。

後來，W透過另外一位老師的介紹，約了學校附近的另一家輪胎行。半個小時不到，這家輪胎行的老闆就來了，客客氣氣的把輪胎卸下來後，端詳了半天，才跟W仔細說明狀況，指出有問題的地方到底在哪裡。

原來輪胎確實是壞了，真的需要更換，可是，就因為態度的不同，後面這家老闆做到一筆生意，而前面這家，卻被同事在心裡列為拒絕往來戶。至於知道這件事情的我，也不可能去找原來那家輪胎行了，「名聲」的影響真的很大。

在現今的教育環境裡，我們很少有機會讓學生了解何謂「態度」，事實上這兩個字，完全貫穿了整個職場與人生，所造就的影響，實在是不容小覷。對一個大學生來說，有了正確的態度與思維，就能夠好好掌握另外那五個學分，開創美好的大學生活！

國文課（11）

@你以為的「沒有」，其實是個禮物

閱讀文本：〈別只看「沒有」，向你的困境借東西〉火星爺爺演講影片。
教學目標：帶學生逆向思考，領會「沒有」的智慧。

〈別只看「沒有」，向你的困境借東西〉火星爺爺演講影片。

根據科學家的研究，人類的演進跟故事密切相合，因為故事帶給我們未來的圖景，給予我們航向偉大航道的航海圖。可以說，沒有故事就沒有人類。

這幾年課堂上的學生，常會聽到我在講解「故事力」時，提到名字只差一個字的兩個人，他們分別是「華語首席故事教練」許榮哲，以及「火星爺爺」許榮宏。

說來，這兩個人真的有不少共同點，除了名字相似外，兩位都是台南子弟，都是跨領域的好手，有很精湛的演講功力，都跨入影視領域，還是企業很喜歡找的故事教練，如果學生想學習說故事，閱讀榮哲老師的著作和課程，是絕佳選擇。不過這邊我先不談榮哲，而是想說說許榮宏，和他精采的TED演講。

「火星爺爺」與他的TED演講

第一次聽到「火星爺爺」這個名字，是從他的第一本書，二〇〇一年出版的《給下一個科學小飛俠的三十七個備忘錄》開始。這本書，最早是他在「《明日報》個人新聞台」網站上的創作，用卡通裡南宮博士的口吻，寫信給「科學小飛俠」的成員們[6]，談行銷企管、工作哲學，也談人生。書中最經典的一篇〈南宮博士寫給阿丁的一封信〉，提出十五個建議給

6《科學小飛俠》（日文：科学忍者隊ガッチャマン），是一九七〇年代風行日本、台灣的科幻集團英雄動畫系列。「科學小飛俠」的戰隊包括了五位年輕的成員，他們分別是：「白鳥一號」鐵雄、「黑鷹二號」大明、「天鵝三號」珍珍、「飛燕四號」阿丁和「貓頭鷹五號」阿龍，以及負責培訓這個團隊對抗邪惡組織「惡魔黨」的南宮博士。

這部卡通裡頭最年輕的阿丁，要他勇於追夢、築夢踏實，是當時很熱門的網路轉貼文。

不過，真正讓所有人認識火星爺爺的，是二〇一四年十月五日在TED×Taipei上，他的那場八分多鐘的演講。這部影片上線後，在十個月內累積兩百多萬的觀看人次，成為TED×Taipei史上點閱率僅次於台北市長柯文哲的演講。

更讓人訝異的是，這場演講並不是TED主動遞出邀約，而是許榮宏參與Open Mic的選拔，經過兩階段的徵選才贏得機會，而且只有八分鐘，不是一般場次的十八分鐘。他在二〇一七年出版的《故事要瘋成交就用這五招》提到，為了這八分鐘，他花了一千倍的時間準備，成功讓自己在舞台上發光。

演講的題目是〈別只看「沒有」，向你的困境借東西〉，當許榮宏穿著紅色襯衫、黑色小背心，拄著枴杖，緩緩登場時，所有人的目光一下子就被吸引住了。開場非常簡單，他提到在企業上課、談創新的時候，常會問學員們：「請問火車上有什麼？」學員們會回答：「有乘客、有便當、有行李、有滅火器、有車窗擊破器。」誇張一點的會說：「老師，有癡漢、有homeparty！」

接著，他會問：「那請問火車上沒有什麼？」學員們會說：「火車上沒有大象、沒有公園、沒有行天宮、沒有夜市、沒有游泳池、沒有賭場。」透過這一連串的「沒有」，以及精心設計的提問，許榮宏帶出了他真正想談的主題：「跟『沒有』借東西。」

「沒有」，是一份珍貴的禮物

八個月大就小兒麻痺，七歲之前都不會走路，這樣的生命境遇，讓火星爺爺的故事聽來格外動人。他非常認同阿里巴巴集團創辦人馬雲的這句話：「阿里巴巴之所以成功，是因為沒有錢、沒有技術、沒有計畫。」他的演講裡最感人的部分，就在於以自身的例子要大家思考：**「沒有」其實根本限制不了我們豐盛**。

每一次，我讓學生觀看這場演講的影片時，當他們聽到火星爺爺曾經橫渡過日月潭兩次，拍過微電影，演過MV，經常一個人出國自助旅行，去過芬蘭北極圈的聖誕老人村朝聖，就紛紛睜大眼睛表現出不可置信的模樣。

肢體上的限制，完全無礙於許榮宏大膽的突破與翻轉思考。只有五十出頭，卻自稱「爺爺」的他，先後當過熱賣上億的唱片行銷，寫過動畫腳本，擔任企業講師，創辦線上講堂「火星學校」（https://www.marsqool.com/），也從自身的生命得出這樣一個道理：「沒有不是一份『限制』，沒有是一份『禮物』。」

課堂上，我常將這樣的觀點拿來要學生腦力激盪一下，為何別人眼中的缺點，可能其實是一種優勢？然後請他們檢視自己是否有缺憾，並思考如何將其轉化為人生的致勝關鍵。

「無用」是為「大用」

然後，我會舉出兩個相應的例子。一個是沒有四肢，卻走遍全世界的澳洲人尼克．胡哲（Nick Vujicic）。他曾經非常憤恨自己天生肢體的殘障，甚至一度想自殺，後來卻成為一位勵志的演說家，走遍全世界，用他的樂觀與正面感動數百萬人。他在二〇一〇年出版的《人生不設限：我那好得不像話的生命體驗》（*Life without Limits: Inspiration for a Ridiculously Good Life*）中，就分享了自己如何從黑暗中站起來，成為一個真正心靈的強者。

另一個例子，是《莊子．逍遙遊》裡的寓言〈不材之木〉，收錄在高中國文課本。故事是說，有個老木匠帶著徒弟經過一棵神木，許多人都對神木嘖嘖稱奇，但老木匠卻不屑一顧。徒弟好奇的問：「師父啊，您為什麼是這種反應呢？」

老木匠就說：「這棵樹太差了，做什麼都會失敗，做碗會碎散，做房子，房子會坍塌，是一棵朽木啊！」

到了晚上，神木前來託夢，生氣的對老木匠說：「我能夠活到現在，正是因為無用，如果有用，老早就被人類砍了！」

故事中，老木匠認為大樹的樹幹木瘤盤結，樹枝也歪七扭八的，所以不屑一顧。可是莊子卻用逆向思考告訴我們：正因為它看起來不成材，所以能躲過刀斧的砍伐，可以存活得很久，而我們也能悠然自得的徘徊在樹邊，或逍遙自在的躺臥在樹下。換言之，別人眼中的「無用」，有時才是真正的「大用」！

超人們的斜槓人生

此外，我常拿來當作考題的，是演講裡的這一句話：「超人的偉大事業，都是在下班後開始的。」

找「英雄」背書，是廣告行銷常用的一種手法，因為英雄自帶名氣，其實也自帶粉絲跟流量。演講中，許榮宏舉了五個漫畫與電影中的人物，他們分別是「超人」、「蜘蛛人」、「蝙蝠俠」、「鋼鐵人」、「綠巨人」。這五個人白天都有原本的職業與身分，可是到了晚上卻化身成為英雄，拯救世界。

火星爺爺的這句話，點出人類潛能的無限；而我會把它拿來當作考題，是希望學生們思考，自己的能力與「組合技」，在這個人工智慧即將到來的年代，有沒有辦法發展出不同的可能？以及，如果過去的老路走不通了，那麼怎樣才能走出新的道路來？因為在這個高度競爭的年代，人人幾乎都無法閃避跨領域的斜槓發展。

當然，這種題目其實就跟人生一樣，沒有標準答案，也可能需要花一輩子的時間去追尋。我想說的是，在這個眾聲喧譁的年代，人人都該學好說故事，火星爺爺以他自身的例子，為我們印證了這個道理。

【思辨與討論】

1. 你認為，大學階段最重要的必修學分是什麼？原因為何？
2. 請問你如何看待「大學生打工」？請分享自己的打工經驗。
3. 請舉生活中的例子，說明「態度」的好壞所帶來的深刻影響。
4. 你是否認同火星爺爺說的：「超人的偉大事業，都是從下班後開始的。」請舉日常生活中的例子加以印證。
5. 新時代的人才都需要跨域發展，請檢視自己有哪些能力足以「斜槓」？

【寫作練習曲】

「斜槓」（Slash）一詞源自《紐約時報》專欄作家馬奇・艾波赫（Marci Alboher）的書籍《雙重職業》，講的是現在有越來越多的年輕人，不再滿足於單一職業的生活方式，選擇用多重職業與身分的方式去生活。這些人可能擁有不只一種專業，或者跨領域發展不同的職業與身分，成功經營著自己的「斜槓人生」，像是某些Youtuber、投資達人、企管顧問講師、漫畫家等，都是很好的例子。

請你就近觀察，以三百字左右的篇幅，介紹一位你最佩服的「斜槓英雄」。

1. 請簡短的介紹一下這位你很欣賞的「斜槓英雄」。

2. 這位斜槓英雄擁有的斜槓能力是什麼？

3. 請舉一個例子，描繪這位斜槓英雄令人敬佩之處。

4. 請將以上的寫作材料，組織整理成一篇短文。

第12堂

棒球場上的齊頭式平等

你看過棒球嗎？你在棒球場上被「罰站」過嗎？當人人都有大學念，就像在棒球場上大家都站著看球賽，這時求職的履歷表，才是你大學四年精采的成績單。

「老師，你可不可以告訴我，為什麼要念大學？」

那天，上課的鐘聲還沒響，我走進教室開始要做一些上課前的準備，體型壯碩的你匆匆忙忙跑了過來，劈頭就丟給我一個比地球還大的問題。

老師，我們為什麼要念大學？

我看了一下手錶，距離開始上課還有兩分鐘的時間，一面把數位講桌上的電腦和音響打開，一面略開玩笑的說：「你想聽真的，還是假的？」

「蛤？還有假的喔？」你張大嘴巴，好一會才意會過來，我是在跟你開玩笑。

「就你們以前常聽到，很官方的那種說法啊。」

「像是什麼？」你還真的順勢追問了起來。

「就是說，念大學是為了學習做人處世，學習如何進行高深的學術研究，學習怎樣自我成長等等的。」我一面打開課本，一面故作輕鬆的講著。

「不是啦，這個我知道。可是喔，這些理由真的都離我們太遙遠了！那照老師說的，可不可以講一講，真正的理由是什麼？」你摸了摸頭，一副不以為然的樣子。

「好吧！講實際一點，就是家長跟你們自己，都希望讀完大學可以學到一技之長，將來找個好工作，對吧？」我們這些技職體系的孩子，通常都比一般大學的學生更為「入世」，也往往更早投入職場的拚搏與競逐。

「講無奈一些，就是大家都念到大學了，如果你不念，有些時候連基本的入場券都拿不到。」我聳了聳肩，自己也認為這個理由，聽起來實在沒什麼說服力。

「可是這樣，我覺得念大學，就真的很沒有意思啊。」

「好吧，你就坐下來，我先來跟大家說一個好玩的故事好了。」剛好鐘聲響起，同學們也陸續進來了，我就趁機示範一下說故事的力量，給他們機會教育。

棒球場上被「罰站」的觀眾

「各位同學，你們都看過棒球比賽吧？有沒有人是真的到過棒球場上，去看過比賽的呢？」這個班幾乎都是男生，去棒球場上看棒球的機會，應該會多一些。

前前後後有七、八位同學，陸續舉起手來。

「好的。如果你在看棒球的時候，前方坐了一個體型壯碩的人。不管你怎樣左閃、右閃，還是會被他擋住視野。這時，你也沒辦法請他稍微讓一讓，因為場上的位子就這麼小，一下子也沒辦法換到別的地方去，你會怎麼做？」

「那我可以站起來啊！」坐在教室最後頭、身著深藍色T恤的同學，觸電般一下子醒了過來。

「好。那你站起來之後，會發生什麼事呢？」

「欸，這樣有可能會被扁吧？因為現在變成你擋住別人了。」剛剛來問問題的你，順勢回答著。

「好，那麼假設這是一個很平和的棒球場。坐在你後面被你擋住視野的人，並沒有扁你，而是跟你一樣也選擇站起來，接下來會發生什麼事呢？」

我停頓了一下，沒有讓他們回答，而是繼續往下說：「是不是其他人看到了，也都會跟著站起來？慢慢的，整個球場的人都不得不站著看棒球。這時，大家都變成『被罰站』，可是再也沒有一個人，能夠看得比其他人更清楚。」

同學們紛紛點了點頭，望著我，想聽接下來故事會怎樣發展。

當大家都讀了大學

「剛剛有同學跑來問我，為什麼要念大學？我剛才認真想了一下，這位同學真正想問的應該是：『為什麼現在每個人，都一定要上大學？』」我適度把問題的範圍略微縮小，好讓方才說的故事，可以發揮實際連結的作用。

「我剛剛講的那個故事，叫作『棒球場上的齊頭式平等』。我想，大家應該都知道，『齊頭式平等』是不管每個人在背景與基礎上的不同，把一致性的規範套用到所有人身上。表

面上看起來很平等，實際上卻是忽略了個體的差異性。你們可能有點難以想像，以前大學曾經是菁英教育，只有成績比較好的少數人，上得了大學，像是我們隔壁鄰居的大哥，考上大學的那一年，還有親戚跑去他們家前面放鞭炮，慶祝家族裡終於有了第一位大學生。」這種三十多年前的鄉土劇情，我不知道對二十一世紀之後才出生的孩子們，有多少說服力？

「後來，為了顧及多數人的受教權，讓大家都有機會可以上大學。台灣的大學一個接著一個成立，慢慢就變成人人都可以上大學，錄取率早就超過了百分之一百。這時候，大學學歷就嚴重貶值了。拿著這張證書出去，好像也不能證明什麼，因為每個人都有；可是沒有薄薄的這張紙，又常常連應徵工作的基本門檻，都過不了。」我隨手拿起身旁的一張A4空白紙張，充當畢業證書展示一下。

「對啊，現在人力銀行網站上，各個公司開出來的條件，幾乎都嘛要大學畢業以上的。高職或者專科畢業的，機會變得非常、非常的少，所以逼得大家不念大學就是不行！」坐在第一排中間的同學，有些無奈的說。

「所以，我的想法是這樣的。」前面故事的鋪陳，其實是為了帶出下面的這些話：「當大學這張學歷越來越不好用的時候，我覺得更應該好好思考，大學這四年要如何規畫？校園裡其實提供了豐富的資源，問題只在於你懂不懂得善用。像是對管理有興趣的同學，不妨多擔任班級、社團或學校的幹部，磨練一下領導能力。希望擁有跨領域能力的，可以利用各式學程或輔系，打造自己的第二或第三專長。想要有更多實務經驗的，還能夠利用寒暑假以及實習的時候，嘗試摸索適合自己屬性的工作。」

上面這些道理，其實我自己也是到了讀研究所後，才算真正搞懂。

履歷表才是你大學四年的成績單

「想想看，如果上述這些專長或經歷你都沒有，是不是在寫求職履歷表的時候，就有很多欄位是空白的？其實，那張新鮮人的履歷表，才是你們大學四年真正的成績單，當人人都站著看棒球時，精采的履歷表就是你腳下的凳子，可以使你更為突出。」

稍微停頓了一下後，我接著說：「到時候進入職場，看的還是你所擁有的『硬實力』和『軟實力』，而不是只有那張薄薄的畢業證書而已。所以啦，千萬不要因為被罰站『腳痲』，就忘了自己是誰，以及到底該做些什麼。」我又繞回剛才的故事，算是給出了一個具有說服力的圓。

聽完我的一番大道理，幾位學生包括你，似懂非懂的點了點頭。天曉得，我多麼希望自己借來的這一套棒球場理論，能夠帶給你們一些啟發。如此，也才不枉費我特地花了門票錢，跑去棒球場上見習啊！

國文課（12）

@人生就是一則無止盡的寓言

閱讀文本：〈魏王問扁鵲〉，戰國，鶡冠子。
教學目標：引導學生了解寓言，學習具啟發性的故事力。

「老師，你教這麼多年的寓言故事，自己最喜歡的是哪一個？」每次最愛跟我抬槓的你，看到我走進教室，馬上走過來問。

「中國的還是西方的呢？」我一面打開電腦準備投影資料，一面回應你的問題。

寓教於樂的寓言故事

「西方的我們知道啦，老師剛開學的時候有講，就是那個投資報酬率很高的《金斧頭與銀斧頭》。不見了一把鐵斧頭，結果意外的得到金、銀斧頭，還有湖中女神可以看，真的是賺太大了！」

「我有這樣教嗎？這篇是在講西方人非常重視『誠信』，就像華盛頓砍倒爸爸心愛的櫻桃樹，因為勇於承認，所以沒有遭受處罰，還得到嘉獎。」這些年來，我已經很習慣學生們的「歪樓」，明明說的是A，他們可以解釋成B。

「是啦，這個如果是在中國或是台灣，可能會被先打一頓再說。老師，那中國的呢？你最喜歡的又是哪個故事？」你不死心的追問。

「剛好，今天我們就會講到我最喜歡的寓言故事。你就坐好，好好聽我怎麼說！」上課的鐘聲響起，我迅速打開了課本，準備開始今天的課程。

從六、七年前開始，我在國文課程之外，又開設了「寓言與人生」的通識選修課。一開始用的是自編教材，後來好不容易有了五南出版的《文言文閱讀素養：從寓言故事開始（古今對照版）》一書當作合適的讀本。

目前進行的方式是，每週講授三則寓言，並且設計了一套方法，讓學生有所遵循的對故事進行解析與討論。後來，又加入「一分鐘說寓言故事」的影音作業，讓學生利用寓言故事拍攝微影片，整個課堂的活潑度也大幅提升。學生都還滿喜歡這個有故事聽，可以啟發思考，又能玩影片的課。

扁鵲和他的兩個哥哥

今天要分享一則我最愛的寓言，是收錄在戰國時代《鶡冠子．世賢》裡的〈魏王問扁鵲〉，故事以戰國時代趙國君主卓襄王和縱橫家龐煖之間的對話，引導我們思考，具有何種人格特質的人，才是真正好的統治者。

作為歷史悠久的一種文學體裁，寓言富有濃厚的道德教訓或醒世的智慧，讓我們得以見微知著，以小觀大。再加上說故事的特性，非常適合帶領不同階段的學生，進行語文與思辨的學習，而這也是我當初開設這門課的目的。

當然，學生除了聽故事外，還得學會分析寓言的「表層」（「具體事件」）、「中層」（「時代現象」）與「深層」（「哲學意涵」）寓意，掌握故事中角色的形象與象徵意涵，並且深入透析作者是如何說故事等等。這樣的分析手法，一開始大家不見得能迅速上手，但看多了老師的示範和同學們的報告，修完課後，幾乎都可以自己來上一段。

〈魏王問扁鵲〉的故事，採用對話的形式，開頭就說，扁鵲家有三兄弟，三個都是醫生，兩位哥哥的醫術都比扁鵲高明：「王獨不聞魏文王之問扁鵲耶？曰：『子昆弟三人，其孰最善為醫？』扁鵲曰：『長兄最善，中兄次之，扁鵲最為下。』」

等等！跟華佗齊名的扁鵲，不就是戰國時代最厲害的名醫嗎？竟然還有兩個醫術比他厲害的哥哥，而且我們從來都沒聽過？

在讀寓言時，我們必須知道，它的本質還是小說，當然會有想像跟虛構的成分，就連故事裡頭的人物，有時也只是假託之用。況且，為了增加說服力，誇大與誇飾的手法相當常見，所以讀的時候千萬不能太「實事求是」，不然一定會被自己的理智卡住。

醫學人生與治國之道

為什麼扁鵲的兩位哥哥名聲都未傳於世？接下來的故事就是以扁鵲的口吻，告訴我們這之中的「祕辛」，主要的核心人物，就是名醫扁鵲。

我們透過扁鵲之口得知，大哥在醫療上做的是「防患於未然」，也就是現今的「預防醫學」：「長兄於病視神，未有形而除之，故名不出於家。」因為大病與災禍還沒有真的來臨，就像兩年前，新冠肺炎（COVID-19）還沒真正來到台灣，那時預先做的「超、超前部署」，就不太容易得到眾人的認同。這也就是為何扁鵲的大哥無法聲名遠播，因為在現實生活中，先知總是寂寞。

而二哥是「診斷學」的名家，搞的是「防微杜漸」：「中兄治病，其在毫毛，故名不出於閭。」二哥在病端冒出一丁點症狀時，就開始積極處理，算是「超前部署」。就像二〇二〇年，台灣開始出現零星的COVID-19患者，就馬上想辦法阻斷感染源，避免影響的範圍擴大。這樣的舉措可以得到部分有識之士的「贊聲」，所以二哥的聲名會在鄉里之間傳播，完全是「做口碑」的！

至於扁鵲，扮演的是所謂的「神救援」角色，很像是在電視劇中受歡迎的急診科醫師：「若扁鵲者，鑱血脈，投毒藥，副肌膚，閒而名出聞於諸侯。」患者都快沒命、事態已經難以收拾了，才趕緊把扁鵲找來，他只能靠激烈的手段，試圖在短時間內起死回生。在這種情況下，救不回來是正常，醫好了自然被奉為「神醫」，眾人擁戴！

這篇文章，說來是在講統治者跟醫生一樣，都有不同的「level」，讚揚的是那些眼光長遠，懂得透過完善體制，潛移默化的去改革社會的「聖人」。次一等的統治者，像扁鵲的二哥，努力在問題剛誕生時，就找尋解方，也算得上是一位社會改革者。

至於眾人眼中的神醫扁鵲，若當真仿效他的方式治國，恐怕會闖出一堆大禍。這也就是文章最後說的：「凡此者不病病，治之無名，使之無形，至功之成，其下謂之自然。故良醫化之，拙醫敗之，雖幸不死，創伸股維。」所謂「生於憂患，死於安樂」，提前部署才是真正的王道！

「防微杜漸」的原子習慣

不過，教過幾次之後，我總覺得此文真正的目的，是在諷刺「鄉民」。因為一般人都是這樣的，平常不願意提早防範，等到事情無法收拾，才寄望使出「大絕招」瞬間解決。對那些預先做好準備的人，有時還要加以嘲笑或嘲諷。說來，就是因為大家心裡頭想的都是「速成」。

這種心態，也顯現在日常生活中的各個層面。像是選領導者，我們都知道要找有遠見的，卻總是希望百日之內就能交出新政。搞投資，明明曉得華倫・巴菲特（Warren Edward Buffett）式的滾雪球需要時間，卻選擇每天在股市裡短線交易。比起建立「原子習慣」，人類的惰性其實更愛的是「立竿見影」，這也就是為何那些標榜速成的書籍、課程和候選人，總是可以「大賣」。

每次讀完這篇文章，我這個囉唆的老師總會對學生「曉以大義」：有時，人生必須拉長時間與視野來看，**不能總是追求短暫的CP值，否則很容易變成坮井之蛙，也忽略了更長遠的危險**。

當然，這樣其實還不夠。你不知道的是，每個學期的期中測驗，這篇文章都是必考！考題大概會是：「扁鵲家的三兄弟，像極了哪一類型的CEO？」我相信，經過這樣一連串的安排，這則寓言會深入學生的內心。而有一天，你也會真正的知曉，人生確實像極了寓言，而且是無止盡的那種。

【思辨與討論】

1. 對你來說，讀大學最主要的意義與價值是什麼？
2. 為何說大學新鮮人的履歷表，才是大學四年真正的成績單？
3. 你認為，為何從古至今，醫生經常被視為賢人的代表？
4. 請舉日常生活中的例子，說明「防微杜漸」的重要性。
5. 扁鵲家的三兄弟，分別像是哪一類的統治者？

【寫作練習曲】

請錄製「一分鐘說寓言故事」影音作業，並為這個影片撰寫企畫構想。內容題材不限，但需包含故事講述與心得，可以加入演戲（動作、對話）、道具或特效的說明，時間為一分到一分半鐘，建議寫三百字左右的錄製企畫即可。

1. 請決定你想錄製的是哪篇寓言，並概述故事大意。

2. 請為影片中的主角撰寫對話和動作。

3. 請說明影片中要運用哪些道具和特效。

4. 請將上述的寫作材料，整理成一篇影音錄製企畫。

第13堂

你的學歷，不過是一張薄薄的入場券

在學歷扁平化的時代，每個人的畢業證書都將成為一張薄薄的入場券。最終你會發現，想找到好工作，還是得靠自己的經驗與實力。

還記得十四年前剛讀完博士班，拿到學位證書的那一瞬間，不免大聲的驚呼：「就這麼薄薄的一張，花掉了自己好多、好多年的青春！」

那時其實也還沒有意識到，之後的求職之路，才是真正的艱辛與挑戰。

艱辛的求職之路

畢業後，先是在澎湖服役了一年。陰錯陽差的沒有當成預官，而是以連上最年長「老兵」的姿態，每天在泥地裡演練地雷與刺絲網的設置。在菊島的天空下，我一面數著饅頭，一面在退伍前開始努力找職缺、丟履歷。頂著在軍中被操練一年後退化不少的腦袋，最後終於在台東找到一份專案教師的工作。

那一年和台東在地孩子們的相處，是我生命中很美好的一段日子。可惜的是，聘約只有短短的一年。結束後正當我愁苦於無處可去時，博士班的老師須文蔚教授遞來了橄欖枝，邀請我回校擔任「國科會」（後來的「科技部」）計畫的博士後研究員。

那時，正逢二〇〇七年前後全球景氣大蕭條，政府透過擴大就業方案提供了不少補助。收到消息，我立刻寫了研究計畫，也順利通過國科會的審核，回到母校從事喜愛的教學與研究工作。

這期間，我依然沒有閒著，因為博士後研究員的工作一樣只有一年。在日常的忙碌之餘，我持續找尋合適的職缺丟出履歷。當時，也不管學校是在台灣的哪裡，就算是東引、南竿、北竿、釣魚台，只要有機會就一定要衝！

還記得有一次面試，一位頭髮霜白的資深教授語重心長的問我：「你如果來這裡任教，要開不少種類的新課，每週授課鐘點也接近二十個小時，這樣累不累？」

我感覺到機會似乎出現在眼前，立刻站直了身子，用很洪亮的聲音回答：「老師，年輕人不怕辛苦，最怕的是沒有機會！」

結果那一次，我還是落選了。

工科校園裡的國文課

就這樣，前後丟出三十幾份履歷，面試了十一次，才終於找到了專任教職。後來想想，自己當時真的已經算是幸運了，如果換作現在，大學本身面臨著少子化的衝擊，整體的時局更差，開出來的職缺也更加稀少，而且條件嚴苛。剛畢業的博士們，既要跟學長姐們一起競爭，也要跟那些為長遠打算而跳槽的老師們PK，將更難得到好的工作機會。

說來慚愧，直到收到錄取通知後，我才知道學校以前是赫赫有名的三大工專之一——「雲林工專」。就因為是工科學校出身，所以校園裡總是有著滿滿的「男人味」。在學校，我主要負責大一國文以及文學類通識課的開設。因為對經營管理有興趣，就常態性的幫自己安排一班管院的課，除此之外，平常課堂裡接觸到的，基本上就是工科的（男）學生。

過去在求學階段，就曾經在幾所科大兼課，對工科學生的特性並不陌生。課堂上也設計不少練習與遊戲單元，讓大家透過階梯式的操作跟演練，培養新時代需要的閱讀與寫作能力。

在大學教授國文課程，從來就不是件討好的事。學生在中小學時期長時間準備考試，早就對國文厭棄萬分，上了大學還要上這樣的科目，除了很容易心死之外，也常被視為與他們的專業無關，不值得投注太多心力。所以，除了課程方向的改革外，老師們也得嘗試變出不同的「把戲」。

該不該繼續念研究所？

不少專家學者都曾提及，在現今學歷扁平化的趨勢下，學歷的有效期限與對人生所帶來的影響，不過就是三到五年；而學生對於求學與職涯發展的困惑，卻是與日俱增。除了職業類別與職涯的選擇，和父母或師長一輩有著巨大落差外，也常常有學生跑來問我：「該不該繼續念研究所？」

這時，我除了分享自己的一些求學經驗，也很語重心長的告訴他們：「在這個人人都能念大學、上研究所的時代，你的學歷，不過是一張薄薄的入場券。」入場券當然不能沒有，也確實有著等級的差別；但是如果像韓劇《天空城堡》（*Sky Castle*），為了讓自己的孩子拚進首爾大學的醫學系，花費鉅額學費聘請一對一的專業「學習教練」，最後搞到家破人亡，那真的是萬萬不可！

這幾年，對於一般的學生，我會勸他們畢業後先去職場闖個幾年，了解自己的需求和不足之處，等到真的需要念研究所，再回學校讀在職專班。那時，已經累積一些職場經驗了，也更知道自己適不適合做研究，比較不會白費功夫。

「學歷」≠「實力」

至於很早就有明確求學目標的學生，我會要他們摒除名校迷思，好好分析不同學校、科系與師資上的優劣；同時也要了解這樣的專長養成，在未來職場的應用性，學長姐們就業的狀況，和產業的發展趨勢等，避免發生理想與實際的嚴重落差。

這個時代最要命的，應該就是抱持著「有了怎樣的學歷後，就可以有什麼發展」的迷思，因為時代的變化非常巨大，學歷已不再能夠證明什麼。現實的情況是：每個人未來在職場上，不管是主動還是被動，都需要不斷的進修，好讓自己在專業領域上更加精進，或成為跨領域的斜槓達人。

所以，我總和學生相互勉勵，要多關心世界時事，也要開發不同的「組合技」，才能迎戰ＡＩ時代給予我們的嚴苛挑戰。我的手邊，也隨時準備一些畢業學長姐貢獻的職場新鮮人實錄影片，讓學生有機會先理解社會現實。

新時代人類所面臨的職涯發展，確實比以前艱辛許多，也不時有諸如金融風暴、COVID-19 等等的黑天鵝事件，打亂原來的職涯思考。不過我相信，儘管辛苦，我的學生們最終還是可以找到一條屬於自己的「偉大航道」！

國文課（13）

@亂世，需要怎樣的生存指南？

閱讀文本：《亂世生存遊戲：從三國英雄到六朝文青都得面對的闖關人生》，祁立峰著，遠流出版。
教學目標：帶領學生了解亂世文人們的生存之道與世界局勢。

◆延伸閱讀：

〈閱讀人專題讀書會《亂世生存遊戲：從三國英雄到六朝文青都得面對的闖關人生》祁立峰〉作者訪談影片。

「各位同學，你們覺得現在是亂世嗎？」

「是啊。」

「那台灣目前是亂世嗎？」

「當然是！」

每年在國文課上到《史記．循吏列傳》時，我都會順便調查學生對於所在世界的看法。很奇怪的是這十多年來，每次問他們，得到的答案幾乎都是：「對，我們就是生存在亂世！」

這些孩子們並非成長於戰亂時代，兩岸之間雖然偶爾關係緊張，但也還不至於讓他們感受到迫切的危機。那麼，這個「亂世感」到底是從哪裡來的呢？

「亂世感」的產生與由來

我想了好多年，除了歸咎於對前途的茫然，大環境對年輕人的不友善外，可能還是來自於漢斯．羅斯林（Hans Rosling）在《真確》（*Factfulness*）一書所提及，「負面型直覺偏誤」的影響。

在這本比爾．蓋茲（Bill Gates）推薦的經典名著中，作者提醒大家：「我們傾向於留意壞事多過好事。這包含三種情況：對過往的錯誤記憶、新聞媒體與社運人士的選擇性報導，以及擔心把壞事說是在好轉會顯得冷血。」在這裡，新聞媒體（與自媒體）的「功勞」，可說是位居其首！

科技時代，媒體比以前更加自由，我們所接受到的災難消息也數倍於過往。一方面，讓人們感覺到害怕的事情，總是能夠引起大家的注意，更加「吸睛」；另一方面，靠著渲染這樣的訊息，也有人能從中獲益。所以，一有可怕的事情發生，就會被報導得繪聲繪影、恐怖萬分，我們也因此覺得壞事發生的機率節節高升，世界正在不斷變糟。

當然，這不是要我們忽視悲劇的發生，而是只憑感覺卻不思考，或不注意真實數字所顯現的世界樣貌，就會引來錯誤或扭曲的理解。漢斯．羅斯林在書中，就舉過幾個這樣的例子。比方說，很多人有一個根深柢固的印象，那就是非洲注定永遠落後，從數據所顯現出的「平均值」來看，似乎也是如此。

但實際上，北非海岸的突尼西亞（Tunisia）、阿爾及利亞（Algeria）、摩洛哥（Morocco）、利比亞（Libya）和埃及（Egypt）這幾個國家，平均壽命已高於當時全球平均的七十二歲，並不如我們想的那麼「落後」。

又比如說，二〇一六年全球有四百二十萬個嬰兒死去，單獨看到這樣的數字，一定會相當震驚。然而，若對比一九五〇年的數字一千四百四十萬，我們就會知道世界是在變得更加美好，而不是更糟。

「厭世」=「很潮」？

我知道學生說現在是亂世，有時只是因為這樣「很厭世」、「很潮」。這時，我就很想介紹祁立峰老師的《亂世生存遊戲：從三國英雄到六朝文青都得面對的闖關人生》，讓他們去讀一讀。

在中國的歷史與文學史上，六朝（西元二二〇—五八九年）是一個充滿著驚喜與狂人的亂世。在亂世裡，讀書人會有兩種主要的思考路徑：一、發揮入世的戰鬥力與影響力，努力完成「富國強兵」的艱困使命；二、鐵了心的認為亂世之不可為，那麼就來追尋個人的「安身立命」。

六朝，顯然是前者走不大通，而知識分子們「無力感」深重的年代。因此，如何在真正的亂世活出無意義中的有意義？如何追求生命極致的「真」與「狂」？怎樣在險惡的生存遊戲底下存活？是那時代的士人們兢兢業業奮戰的目標。

祁老師的這本《亂世生存遊戲》分成四輯，第一輯「職場生存指南——窮忙社畜靠邊站，閒閒的賢人正流行」，寫的是三國到六朝的青年們，如何看待與面對出仕（當官）這件事。第一篇〈菜鳥孔明求職記〉，馬上就顛覆我們對劉備好不容易「三顧茅廬」，請孔明出山的歷史認知。

在大家心目中無比清高的諸葛亮，原來早就冀求一個一展抱負的機會，可是他竟能透過精巧的安排，讓身為雇主的劉備自己送上門來，還一連跑了三次，只能說孔明這個求職者，真的是太厲害了！

那麼，那個我們熟知、不為五斗米折腰的陶淵明呢？作者告訴我們，等到他真正歸隱（退休），人生的難題才正要開始。就像童話裡的公主與王子，從來就不是故事結束後，從此過著幸福快樂的日子。真實的人生是：飯要吃、家要養，結果卻遇上了「種豆南山下，草盛豆苗稀」的窘況。

試問，一個很少經歷過磨難的讀書人，辭官之後要靠（非常難以勝任的）體力勞動養活一家人，辛苦耕作了大半天，結果只能收穫極少的作物，這不是現實的悲劇，又是什麼？

亂世貴族豪門錄

跟輯一裡頭那些艱困的讀書人相比，「輯二　豪門教養實錄」寫的則是六朝的貴族。最精采的首篇，講的就是「本是同根生，相煎何太急」的曹丕與曹植。

在中國歷史上，曹植是否真的因為「七步成詩」的考驗差點被殺，可能還需要更多的考證。但無庸置疑的，曹丕的《典論．論文》藉由國文教科書的選入，鞏固了中文系「文章，經國之大業，不朽之盛事」的經典論述。照道理說，讀中文系的人對曹丕的讚譽，應該要遠勝於曹植才是。

在讀這些故事時，我很認同祁老師說的：「我們現在看古人的歷史軼事，喜歡將重點放在那大起大落的悲喜劇，或謠言、野史、八卦等等。」就像有陣子，大家都很瘋狂的追起《甄嬛傳》、《如懿傳》、《延禧攻略》等宮鬥劇，事實上那種精采萬分的劇情，只存在於影視和小說，真實的歷史往往是很枯燥無聊的；可是從中又能讀到深刻的智慧與人性，這就是文學與歷史的迷人之處。

循著這樣的角度，來看「輯三　來場傾城之戀」裡頭那些可歌可泣、皇帝們的愛情故事。為了（頹廢的？）愛情，真的可以把國家社稷搞掉，到底我們應該讚揚其對愛情的真誠，還是無盡的撻伐？至於「輯四　網紅網美出征」，有幾篇文章，則是特別要替六朝的「宮體詩」翻案。

有「芒果乾」的鄉民之道

以前，這類作品在文學史中，總被安上「情色」和「頹廢」的印記。可是在真正的亂世，「厭世」、「虛無」與對「純粹」的追尋，難道不是合情合理的鄉民之道嗎？那種無盡深淵的心情，與唐人所謂的「文起八代之衰，道濟天下之溺」，根本是兩個不同世界的境遇與想法。

收在本書最後的〈六朝 vs. 台灣——從亂世到下一個亂世〉，其實是最該先讀、也最適合學生讀的一篇文章。某個程度來看，現在的台灣確實像極了六朝，我們不知道往前究竟是要走向康莊大道，還是要前往崩毀的懸崖？我們如同六朝文人風雅的生活，卻也艱困的生存著。

有強烈「芒果乾」（「亡國感」）的人，應該讀讀這本《亂世生存遊戲》。它會告訴你不少亂世的生存指南。裡頭豐富的引證與論述，有時讀來會比較費功夫，不過你可以大膽的略過，因為那是給靠學術研究討生活的人看的。你可以輕鬆的翻讀故事，把它們看成一個又一個精采的寓言，一道又一道的人生闖關，那麼，一定可以享受著不斷拍案叫絕的閱讀樂趣。

【思辨與討論】

1. 請分享你自己或周遭朋友的求職經驗。
2. 你覺得「斜槓青年」（Slash）一詞，顯現了什麼樣的時代現象？
3. 你認為現在是「亂世」嗎？為什麼？
4. 從你的角度看，亂世是如何形成的？面對亂世，你有怎樣的生存之道？
5. 我們的直覺與既定印象，經常會扭曲我們的判斷，生活周遭有沒有什麼具代表性的例子？

【寫作練習曲】

在這個時代，「厭世」成為一種風潮，它的核心是顛覆過往推崇的正向價值觀，以戲謔的方式在網路上散放負能量，調侃自己在現實生活的缺憾。比如中國九〇後年輕人流行的「躺平主義」，在經濟、社會問題日益嚴重的背景下，選擇成為不買房、不買車、不結婚、不生育、不消費的「佛系青年」。請以三百字左右的篇幅，分析此種現象背後的原因。

1. 想一想，你在什麼時刻、什麼情境下，最感到「厭世」？

2. 請試著分析自己產生「厭世感」的原因。

3. 擴大來看，你對社會上的厭世文化有什麼想法。

4. 請運用上述的材料，寫成一篇短文。

第14堂

最浪漫的缺課理由

學生們的缺課理由說來真是無奇不有，老師除了按照規定確切的審核外，有時也要有耐心跟智慧，傾聽他們訴說原因。

還記得那日，剛上完週三上午連續四堂課，學生差不多都走光了，只剩下聲音沙啞而略顯倦意的我，正在收拾桌上的資料，準備回研究室休息片刻，再和同事一起午餐。

坐在教室最後面的你，神情看起來像是做錯了什麼事，等同學們都離開，才怯生生的走過來，喊了聲：「老師！」

老師，我要請假

「有什麼事嗎？」

身穿黑色T恤、牛仔褲的你，一隻手扶著講台，另外一隻手緩緩從口袋裡拿出一張摺得皺皺的請假單。

讀過大學的朋友們，應該都有類似的經驗：除了少數老師不那麼在意出席，課堂上的缺曠課是計算期末成績的重要一環。這幾年，各個學校為了掌握學生的出席狀況，逐一裝上了類型不同的電子點名系統。不過「上有政策，下有對策」，學生總能很快找出各種破解法。所以，為了確保學生都能正常出席與參與課堂，老師也會根據實際狀況，不定期在課堂上人工點名。

我並不喜歡點名，不過學期一開始也會讓學生清楚知道，每個人整學期都有一次「曠課不會被扣分」的機會。我不知道這算不算是對學生「缺課自由」的尊重，不過一旦「額度」

用完，除非請假，否則就會被扣總成績，扣得頗重。

空白的「請假事由」

接過你遞來的請假單，上面的時間寫的是上個禮拜的三、四節，但是「請假事由」一欄，卻什麼都沒有寫，一副拿了空白支票要給我畫押的模樣。

我自然不大客氣的問了：「同學是什麼樣的原因要請假呢？」聽到我略微上升的語調，有些瑟縮的你，更加手足無措。

我心想：「到底是什麼理由，有什麼好不敢說的？」不過還是笑了笑，要你不要著急，慢慢說。

這時，個頭高大、長得有些斯文的你，才緩緩吐出這串話：「老師，是這樣的，上個禮拜，我並不是故意要缺席您的課。」

「不是故意的」，好像已經變成學生們慣用的一個「起手式」，常常聽完他們的理由後，就覺得還是「刁工的」。

「那天早上，其實我很早就起床了，吃完了早餐，就一個人在校園裡頭散步。」你摸了摸頭後，給了一個奇妙的開頭。

「吃早餐？散步？」這個情節聽來實在不像年輕學生會幹的事，那一刻我覺得自己像是漫畫裡的名偵探柯南，小心翼翼傾聽著學生娓娓道來的故事，因為待會就得立刻做出嚴謹的決斷。

「正當我穿越三期大樓，準備要過來上課的時候，突然……突然……」

在小說的寫作教學裡，我常會告訴學生：「『突然』是一個可以讓情節加速的重要轉折詞；但是，千萬不要輕易的使用它。因為一旦用多了、用爛了，就會讓自己的故事掉入萬劫不復的境地。」

邂逅真命天女？

你的聲音由剛開始的顫抖，轉為略帶興奮的口吻，雙手在胸前緊握，說：「我走到一半的時候，突然看到了一個女孩子。天啊，那一刻我覺得，如果自己不去認識她的話，我一定會終身後悔！所以，我就沒有來上課了。」

聽完你的理由，我驚呆了，下巴當場就要掉下來。教書十多年，我聽過各式各樣請假的理由，最大宗的，就數病假（以及最不想聽到的喪假）了。從自己生病、爸媽生病、爺爺奶奶生病，男朋友、女朋友生病，到室友生病、寵物生病，都已聽過不知道幾百次。

另外，像是要被抓去聽演講、參加比賽、社團表演等等的公假，也是常會遇到的狀況。至於考證照、兵役體檢、車子騎到一半突然壞掉、家人一起出遊等等，也都成為學生堂而皇之的請假理由。

在這之前，我卻從來沒有想過，竟然有學生拿「在校園巧遇而墜入情網」的理由來向我請假。這故事的情節，怎麼聽都很像我非常喜歡的一部老電影——《心靈捕手》（*Good Will Hunting*）——裡頭最經典的橋段。

所謂「昔有羅賓．威廉斯為了認識女孩子，甘願放棄進場觀看世界棒球大賽；今有學生為了愛情無悔，沒有上課跑來跟老師求情」。先不管這個故事到底是真是假，對教人文學科的老師來說，光是從創意的角度來看，你就已經是個「天才」！

誰叫我是教文學的老師

我當然可以實事求是、誓死搞清楚真假的追問：「後來怎麼了？」不過，看了你漲紅的表情後，我決定改變策略與作法。

假裝沉思了好一會後，我慢慢的對你說：「作為一個尊重學生戀愛自由的老師，我好像不能以課堂為由，妨礙你的『終身幸福』。不過是這樣的，這種事情，發生一次是『純情』，發生兩次就是『花心』、『該死』了。所以，這種理由你只能夠使用一次，下不為例，知道嗎？」

說完，就在那張皺得亂七八糟的請假單上，簽了名。

心底終於放下一塊大石的你，拚命的點點頭，說了聲：「謝謝老師不殺之恩！」就心花怒放的轉身離去。

在這之後，整個學期的課程，你確實沒有再缺席過。而我也未曾過問，那個你所宣稱浪漫的「校園偶遇」，是否還有接下來的發展。只因，這實在是我聽過最浪漫的缺課理由，任誰都不能、也不該打破這故事最純粹的美好，誰叫我是教文學的老師呢？

國文課（14）

@在複雜的世界裡，故事為王

閱讀文本：《說故事的力量：解決問題、發揮影響力的最佳工具，微軟、NASA、華府智庫爭相學習》，安奈特．西蒙斯（Annette Simmons）著，樂金文化出版。

教學目標：引導學生了解說故事的力量，學習用故事打動人心。

那天，是期末考前的最後一堂課。按照往例，我讓學生填寫意見回饋單，以便進行後續教學上的調整。

下課後回到研究室，翻閱著一疊厚厚的單子，看到同為文科生的妳，用娟秀的筆跡在上面寫著：「老師，謝謝你這學期的用心教導，這是我三年來上過最有意義、最精采的通識課，希望老師能一直把這些人生的啟發及道理，帶給更多學弟妹們。」單子的最後，還畫了一個可愛的「讚」。

幾天前，才遇到一個同為教職的朋友，跟我大吐了半小時的苦水，結論是：「現代人不大尊重老師，老師儼然成為服務業。」雖然，這已經不是什麼新鮮事，在這個網路與自媒體興起的時代，老師的形象與角色早已大受衝擊，但是聽了還是感到萬分的挫敗。

享譽全球的故事課

今天，看到妳寫的這段文字，雖然無從得知是出自於真心，還是純粹想安慰我，內心還是流過了一絲暖意。我想，下次有機會，應該跟妳的學弟妹們談談我為何開設這門課，順帶也介紹一本我覺得很有啟發的書，那是享譽全球的說故事大師安奈特．西蒙斯（Annette Simmons）所寫的《說故事的力量：解決問題、發揮影響力的最佳工具，微軟、NASA、華府智庫爭相學習》（*The Story Factor*）。

不知道妳還記不記得，這門「寓言與人生」的通識課程，我在前面兩週特別花了一些時間，解釋寓言的故事性以及說故事的重要性。後來，我發現應該把這本書裡的一些概念再融入課程，或許會更有說服力。

《說故事的力量》一書出版於二十多年前，作者安奈特．西蒙斯可以說是最早把「故事」概念運用到商業界裡的人。她在書中不斷闡釋一個觀念：我們想要成功的激勵、說服、影響他人，希望可以順利的解決問題，就絕對不能夠忽略故事以及說故事的力量。

多年後，這本書早已成為微軟、NASA、華府智庫等國際重要人士爭相閱讀的好書。二〇一九年，長銷二十週年的增訂版在國內出版，作者在書裡特別增補進「數位時代」故事人所該擔負的道德、倫理責任，以及文化故事所能提供給這個時代的凝聚力與安全感，希望我們可以更加真確的察覺：**說故事是一種思維，也是一種技巧，幫助我們有效影響他人，解決問題**。

我在多年前有幸讀到這本書，趁著增訂的時候又收藏了最新的版本。試想，這本書之所以能夠經典而雋永，就在於它除了說道理，也提出了可供參考與操作的概念技巧，並且透過一百多個成功影響人心的故事，細膩分析說故事的藝術，和它所能帶來的強大力量。

好故事打動人心

課堂上，我常跟同學們分享，我是如何透過以下這個在網路上流傳許久的故事，成功讓一向節儉的父母扭轉想法，讓他們點頭出發到沖繩去玩。

有一對結婚五十年的老夫婦，省吃儉用的將孩子扶養長大，孩子們為了感恩，特地買了豪華郵輪的頭等艙船票，希望爸媽盡情的享受。

老夫婦上船後，對豪華的設施讚歎不已。但他們節省慣了，實在捨不得去消費，只好待在房間吃泡麵，或流連在甲板上欣賞風景。

到了最後一夜，老先生想，回家後如果親友問起船上的餐飲如何，答不上來那也說不過去。和太太商量後，索性狠下心來，最後一晚跑到豪華的餐廳用餐。在音樂及燭光的烘托下，老夫婦彷彿回到初戀時的快樂，在歡笑聲中，老先生意猶未盡地招來侍者結帳。

侍者很有禮貌的問老先生：「能不能讓我看一看你的船票？」

老先生生氣的說：「我又不是偷渡上船的，吃飯還得看船票？」然後，有些不高興的拿出了船票。

服務生接過船票，有些驚訝的說：「你們上船以後，從未消費過嗎？」

老先生更生氣了：「我消不消費，關你什麼事？」

侍者在船票背面畫去一格後，耐心的解釋道：「這是頭等艙的船票，船上所有的消費項目，包括餐飲、唱歌以及其他活動，都已經包括在船票內。您每次消費只需出示船票，由我們在背後空格註銷即可。」

老夫妻若有所失的摸著船票，而旅程在明天即將結束。

聽故事，其實是人類與生俱來的本能。相較於「事實」，人們更樂於被「故事」打動，因為情感才是人們做決策的決定性因素，而不是理性和邏輯。

說一個動人的故事，就像你拿著一面鏡子，讓別人可以從鏡中看到自己的身影，在情感層面上創造出影響力，改變他們的想法。像我的父母，就從前面這則故事中的老夫婦，看到自己思維上的侷限，從而轉念。所以，不管妳要說服的是老師、父母、同學或未來職場上的同事，請記得善用故事。

一個有影響力的故事，得把「別人的動力」與「你的目標」聯繫起來，讓你的故事成為誘餌，釣動著渴望與行為的改變。同時，還要具體的放入時間、地點、人物、行為和結果等元素，藉由細節的編織打造出血肉，創造獨特的魅力吸引讀者進入，引發共鳴。

六種說故事的模式

這本書我覺得最棒，也最值得分享之處，是它清楚提出每個人都該學會的六種故事架構。一旦學會和明瞭了這六種說故事的模式，我們可以把它套用在各種地方，成功創造屬於自己的影響力！

這六種故事模式，分別是「你是誰」、「我為什麼在這裡」、「願景」、「教誨」、「現行價值」以及「我知道你在想什麼」。

想要說服或影響別人之前，首先必須讓別人知道「你是誰」，以及「我為什麼在這裡」。

「**你是誰**」的故事架構，要傳達給他人知道的是：你之所以成為現在的模樣，是哪些經歷造就了你？在講述的時候，必須舉出具代表性與獨特性的事跡，讓它們代替你言說，而不是直白的介紹自己，這也考驗著你對自己的認識。

「**我為什麼在這裡**」的故事，則是要向聽者坦承，你今天站在這裡的意圖與目的是什麼，簡單來說，就是要探討你存在的意義，考驗的是你對自我認同的程度。作者建議我們，應當要開誠布公，因為真誠才容易創造感染力。

上面的這兩種故事類型，目的都是在取得別人的信任。有了信任後，溝通才有可能延續，對方也才更願意傾聽你說話。

後面的四種故事類型，主要在解決以下幾個問題：對於未來，我們可以創造出怎樣的憧憬？怎樣藉由故事啟發他人改變思考與行為？故事怎樣展現你的價值觀？以及最後的，怎樣消除彼此的疑慮，建立信任感？它們的作用性在於激勵、啟發，以及設身處地的引發共鳴。

「**願景**」故事，可以激發人們對於未來的「美好」想像，幫助我們克服當下的挫折和沮喪。所有商品販賣的，其實都是「願景」，比如食物是「吃在口中一定美味」，衣服是「穿在身上一定美麗」，人們願意為了未來的美好掏出錢來。

「**教誨**」故事的目的，在於啟發他人思考，委婉指出處理一件事的最佳方式，著重在解決問題。像是你想讓眾人理解到投資理財的重要性，可以舉例說明自己過去如何因為不善於理財，接連陷入經濟上的窘境，最後靠著獲取這方面的知識與經驗，成功逆轉。

「現行價值」故事則是「以身作則」，將個人的價值觀化為故事傳遞出去，以達到震撼人心的目的，這些價值觀包含我們常見的正義、勇敢、善良、溫暖等。像是國民女神賈永婕，在台灣 COVID-19 疫情嚴峻的時候，短短幾天內就募捐到三百三十台「救命神器」HFNC（高流量氧氣鼻導管全配系統），正是以身作則，傳遞著熱血與溫暖的價值觀。

「我知道你在想什麼」的故事，則是對你的聽者事先作一些研究，用故事指出他們會關心或了解的問題，讓他們能夠喜歡上你。比如一個衣櫃整理師，事先了解到今天來聽講的聽眾，都很煩惱衣物放置的問題，就先分享自己以前衣櫃是如何的凌亂（before），而在學會收納後怎樣變得乾淨、整齊（after），透過前後對比，馬上就可以吸引住眾人的目光。

上面這六種故事類型，不僅可以用在商業溝通，也是我們解決種種生活困境，可以依賴的方式。就像我常在課堂分享前蘋果執行長賈伯斯（Steve Jobs）的名言：「世上最強大的人，是說故事的人。」

在複雜的世界裡，故事為王，學會了說故事，才會有人願意好好聆聽你說話，也才能用說故事的力量，打動人心。

最後，謝謝妳的讚美。這真是我近來聽過，最美妙的故事了。

【思辨與討論】

1. 你如何看待「課堂缺席」這件事？
2. 你曾經聽過哪些很特別的缺課理由？
3. 請分享你最鍾愛的一部電影經典橋段。
4. 請分享你運用說故事的方式，改變別人想法與行為的經驗。
5. 這堂課分享的六種說故事模式，你覺得最重要的是哪一種？為什麼？

【寫作練習曲】

所有偉大的電影、小說，叩問的都是同一個問題：「你是誰？」歷屆的學測作文題目，比如：「如果我有一座新冰箱」、「靜夜情懷」、「溫暖的心」等等，都是帶領我們探索自我。而電影《蜘蛛人》中，蜘蛛人在故事結尾也提到：「我是誰？我是蜘蛛人！」一定義了自己的英雄地位。請你以三百字的篇幅，描寫「你是誰」，以及哪些經歷造就了你？

1. 你，想要用什麼來定義你這個人呢？請用幾句話說明清楚。

2. 請舉一個事例來說明，而這件事能夠表現你的為人和性格。

3. 你想要對自己說些什麼話呢？

4. 請運用上述的寫作素材，完成一篇短文。

第15堂

「國文科」紅了嗎？——從一篇推薦序談起

你喜歡國文課嗎？有些人覺得它很「廢」，有些人覺得它很「潮」，在「廢」與「潮」之間，這個傳統學科的明日究竟會是如何呢？

沒有課的日子，尋常一樣早早醒來。

泡了杯濾掛黑咖啡後，一個箭步坐到堆滿待看書籍的擁擠書桌前，今天的閱讀進度正好輪到厭世國文老師的《厭世國文教室：古文青生涯檔案》（二〇二〇）。

這本書，延續前作《厭世廢文觀止：英雄豪傑競靠腰，國文課本沒有教》（二〇一九）的風格，透過漫畫以及鄉民式的語言，把國文課本裡經常出現的古代作家，諸如劉禹錫、司馬光、方孝孺、劉鶚、魯迅、王冕、曹丕、袁枚等人，不為人知的文化情懷與身世祕辛，一一立體呈現在讀者眼前。

國文課，是「廢」還是「潮」？

剛剛翻讀過幾頁，就看到祁立峰老師寫的推薦序〈意翻空而易奇〉，仔細讀完這篇不過八百來字的序，也讓我一整天都陷入深刻的憂慮和反思。

「意翻空而易奇」一詞，出自南北朝著名的文學理論家劉勰，他在經典名著《文心雕龍》的〈神思篇〉裡，提出過這樣的看法：「意翻空而易奇，言徵實而難巧。」這句話講的是我們在創作時，文思很容易翻想連篇，做到出奇；但是，一旦要用語言、文字來加以描摹，要做到精巧與完美，真的是一點都不容易！

立峰老師的這篇推薦序，開頭是這樣說的：「這幾年『國文科』這個冷科目，或說長期遭鄉民譏諷成最廢的科目，意外地一朝翻紅，許多老師與學者投入普及的書寫與推廣。從古人比我們想像得廢，到古文原來那麼潮；從魯蛇、崩壞，再到厭世，給過去想像中相對僵硬而古板的國文教育，注入全新的能量。」

這幾年因為教育體制上的改革，以及本國語文議題的熱切討論，沉寂許久的國文出版圈裡，出現了大量以古人、古文為談資，充滿瓦解、戲謔或溫情的深度剖析之作。像是立峰老師寫的《讀古文撞到鄉民》、《國文超驚典》、《亂世生存遊戲》，引發不少討論且熱銷的謝金魚《崩壞國文》，宋怡慧的《國學潮人誌，古人超有料》、《談情說愛，古人超有哏》，高詩佳改寫經典的《新古文觀止的故事（古今對照版）》、《閱讀素養即戰力》等等。一下子，好像為這個過去人人喊打的科目，帶來了明日的曙光與希望。

「長期翻空」的國文課？

可是，這個表面看來繁花盛開、花團錦簇的現象，實際上卻隱藏著這樣的危機：用股市裡最熱門的話來說，眼前的一切不過只是暫時的「止跌回升」，國文科的未來恐怕將呈現難以抵抗、長期翻空的「死亡交叉」。

怎麼說呢？每年在大一的國文課堂上，我都會對新生做問卷調查。在這十幾年間，幾乎沒有意外的，「國文」都是他們中小學時期最討厭科目的前三名（其他兩名，大抵上都是英文和數學）。

原因說來也相當現實：在中小學階段，為了應付考試，學生們不得不夜以繼日的背誦與填塞。那樣的被迫努力，不見得會一一反映在成績上，卻絕對會增加他們對這個學科的「厭惡值」。

此外，社會上也普遍存在著「每天都在用，中文怎麼可能會不好」的想法，這種對於本國語言學習的輕視，也加深了大家對於這個科目「無用」與「棄之如敝屣」的認知。

挽救雪崩的國語文能力

這些年來，從中、小學到大專，國文科的教學確實不斷的在翻新中。為了搶救雪崩式的語文能力，各種大型測驗不斷加長考題長度，讓整張國文試卷，從原本的數千字，一下子擴張到超過一萬兩千字（事實上，其他科目的試卷長度，也在不斷的加長中）。這樣一來，如果閱讀能力不夠好、不夠快，光是要讀完考卷、理解題意，就會花去不少時間，無法好好作答。

此外，像是高中升大學的「學科能力測驗」（簡稱「學測」），為了充分檢視學生的閱讀與寫作能力，從一〇七學年度開始，就把國文科寫作題設置為獨立考科。試卷裡同時有「知性的統整判斷能力」與「情意的感受抒發能力」兩大題非選擇題，學生必須在有限的八十分鐘（一〇八學年度起改為九十分鐘）內，閱讀文章、圖表或條列式的資料，再進行延伸書寫。

上述這些作法，無非是希望大家更重視，或是多給這個傳統的科目一些關愛的眼神；同時也是在回應這個時代，對於閱讀與寫作能力上的要求。這樣的出發點，立意絕對是良善的，可是跟成績、排名綁在一起後，卻反倒加深了學生與家長對國文學科的怨恨！

課本裡沒有的，考試還是要考

前幾年，為了一〇八課綱文言文到底應該在國文課本裡占幾成的問題，學界與教育界自己就吵得不可開交。「調降派」與「維持派」兩邊各有立論，也都能提出有價值的思考點。最後，經過一番激烈的廝殺，文言文的選文比例正式從45%～65%調降為45%～55%。如此一來，似乎是滿足了社會大眾和輿論的要求，也讓研究現代文學、台灣文學的學者，有了一吐怨氣的感覺。

不過，如果仔細研究這幾年大型測驗國文科的試卷，就會發現文言文考題的比例，並不一定真的跟著調降，反而有時還略為調升。也就是說，課本的文言文選文明顯變少了，但實際上考試可能還是要考，而且考的可能比從前更多。

像是一〇九學年度高中升大學的「指定科目考試」（簡稱「指考」）國文考題，就被發現文言文比例高達六成，題目難度大增。這樣反而造成有識家長們的憂慮，以及額外補習的需求，至於國文科相關的課外補充書籍，也因此更加熱銷。

這也就是為什麼，這些古人（古文）新說書籍的出現，表面上給了對考試傷透腦筋的學生和家長，一片短暫可棲的蔚藍天空；但事實上，反映的卻是大家對整體國文科學習，更深重的焦慮與負荷。

一如立峰老師在書裡說的，人生與教育總是「在認真與搞笑，在愛世與厭世之間抉擇」。作為一位大學共同科的國文教師，我多麼希望這個科目的學習，可以回到不再「去脈絡化」（out of context）、不再以考試為導向的自主學習樣態。如此，也才能在打破語言的隔閡與思想的難解下，讓古人與今人的生命與智慧，在經典與具代表性的文本（text）裡，有著精采的對話和火花。

如果，能夠突破這個看似不可能的任務，那麼那些生之為人真實活過的樣貌，對人生困厄與歡欣時刻的種種思慮和感受，以及國文看似「無用」裡頭的「大用」，也會一一立體的，呈現在我們眼前。

國文課（15）

@寫一篇為閱讀引路的推薦序

閱讀文本：〈社群時代，我們需要的閱讀、寫作力〉，王文仁撰文。

教學目標：引導學生了解推薦序的重要性及其寫作方式。

一早，騎著 Gogoro 的郵差送來了厚實的包裹。打開一看，原來是某出版社寄來請我幫忙推薦的書。

這些年因為師友、出版社與雜誌社的邀請，我開始有機會為一些書籍撰寫推薦序、讀後感或書評。由於自己的專業是文學，找上門來的也多半是文學創作、閱讀素養、語文教育或論述類的作品。此外，因為我有保險、理財等證照，偶爾也會接到財管類書籍的邀約。

好的序，是完美的閱讀引路人

我閱讀和寫序的速度很快，幾十萬字的小說讀完後，大概一個下午就可以把任務完成。這種「神速」歸功於兩個原因：一是，平常在閱讀時，就會善用便利貼、畫線、重點拍照、心智圖以及 Evernote 軟體等方式，記錄下心得感想。有時為了更方便的做筆記，會直接購買電子書，運用電子閱讀器的功能來做重點擷取和註解。

二是，作為一個各類文體都有寫作經驗的文學研究者，比較容易站在作者的角度，思考整本書的結構安排與重點設計，閱讀時能夠迅速掌握重點，並帶出進一步的思考。

除了這兩個原因外，主要的關鍵還是在於：「我真的很喜歡寫序！」對我而言，寫序或讀後感除了有提煉精華，與作者對話、激盪的神效之外，一篇好的序對自己以及書的作者，都是很好的加分。

我心中就有幾位青睞的箇中好手，只要他們掛推薦、寫序的書，幾乎都會購買且一再翻讀，這些序或讀後心得本身，就是很有價值和啟發的文字。像是「閱讀引路人」楊斯棓醫師，為近百本書寫過推薦序，去年（二〇二〇）將他所寫的讀後文字撰寫成《人生路引：我從閱讀中練就的二十八個基本功》，短短十週就創下十二刷的佳績，因為這些文字的「含金量」實在是太高了！

擴大閱讀領域，提高文字的「含金量」

就我個人而言，這種寫作訓練可以溯源到學生時期，當時先後幫《台灣文學館通訊》、《文訊》、《幼獅文藝》、《中國時報》等報刊雜誌寫過書評、書介，也建立起書寫這類文字的風格與模式。一開始我會多次翻讀著作，務求精確、深入理解，有時書中提到的書籍或相關資訊，也會一併找出來翻讀，以增長理解的範疇。

在閱讀、筆記的過程中，我會逐漸把思考點濃縮成最關鍵的數個，在紙上或電腦前把架構描繪出來。等到心中對整本書有了較清晰的圖像，也確認立論點後，才會飛快的敲打起鍵盤。

過程中，一面得進行訊息的核對，一面也要推敲語句的使用，時時注意論點或架構是否有所偏離。**在不斷增刪的過程中，核心觀點理應更加清晰，除了利用小標以利於讀者閱讀，還得設計能夠打動人心的情節與「金句」**。

必須注意的是，剛寫完的初稿絕對不可以拿來交件。時間充裕的情況下，至少要放上一兩天，待情緒抽離後再進行增刪微調，反覆幾遍後才可算是大功告成！

雖然，我真的很喜歡寫序，拿到一本新書後，也會先花上不少時間讀作者與推薦者的序。但我也很清楚，要把序寫好，實在不是件容易的事。好的序除了可以畫龍點睛的表達出全書思想，點出作者創作的緣由與脈絡架構外，還要能夠參酌古今與跨領域的知識，引出不同層面的思考和對話。如若只是錦上添花，或流於簡要的推銷、推介，我認為都是不及格的。

社群時代，我們需要的閱讀、寫作力

前些日子，剛好有機會跟楊斯棓醫師一起為《閱讀素養即戰力：跨越古今文學，提升閱讀與寫作力的30堂故事課》（二〇二一）一書撰寫推薦序。將書稿讀過兩遍後，我發現高詩佳老師這本集結自《國語日報．中學生報》專欄的新著，選錄的文本以古典小說和現代小說為主，不但教導讀者進行閱讀推理，也藉由親自示範撰寫的範文，與步驟化的引導，讓學習者更容易學習寫作。

我在序中做了這樣的核心表述：「透過【引導式閱讀理解】與【實戰寫作演練】的雙軌設計，將跨越古今文學的三十篇經典名著，打造成精采絕倫的三十堂故事課。」點出這本書的特色，就在於「讀寫合一」的雙軌式設計。在學理上，閱讀是Input，寫作是Output。不過，在進行閱讀理解時，我們也會消化作者的寫作技巧，只要再加上模仿和實際的練習操作，就可以將「閱讀理解」與「寫作技巧」做一體式的學習，這才是真正有效用的學習方式。

接著，根據過去大量的閱讀與教學經驗，我認為這本書不僅適合中、小學生，也可以推薦給困擾於閱讀、寫作課題的社會人士。於是，我從社群時代人人都需要閱讀、寫作力的角度切入，點出強化閱讀、寫作力，在教育體系裡是對讀寫雙軌並進的重視，在社會端則有著現實的生存需求。因為沒有好的讀寫能力，除了職涯容易遭受阻礙外，也無法在社群媒體上發揮影響力，成為另類的時代「邊緣人」。

在舉了幾個日常生活中常見的例子，充實論點後，我做了這樣的結論：

身為一位大學的國文科教師，我深知閱讀與寫作力在網路時代的重要性，也常提醒學生，要把所學的東西，跟生活、生命結合起來。讀詩佳老師的這本書，除了可以有效的強化閱讀與寫作力外，也能夠進一步的去感受，劉備如何「三顧茅廬」，關羽怎樣「刮骨療毒」，孔明何以「空城計退兵」，魯迅如何用〈狂人日記〉描寫世代人的瘋狂。這些經典故事看似遙遠，背後所傳達的智慧和警世意味，卻也值得現在的我們，反覆咀嚼與回味。

最瘋狂的一篇長序

〈社群時代，我們需要的閱讀、寫作力〉這篇推薦序，應作者與出版社的要求，控制在一千字左右。序該寫多長這件事，說實在沒有一定的標準，有時用五十個字，就可以把一本書的精華與特色點出來，成為封底的推薦語；如果想談的議題很多，寫上幾千字的序或讀後感想，也是可以。

我做過到現在想來，都還覺得很瘋狂的一件事，就是在寫完近三十萬字的博士論文後，又用了一個下午的時間，寫完一篇一萬多字的序。那篇長序名為〈博士論文不是故意的〉，寫的是讀碩士班、博士班的為學歷程，以及寫作論文的辛酸血淚，直到現在我都還覺得，很適合給「誤入歧途」的文科研究生們讀。

一萬多字的序，聽起來似乎很多？不過，跟清末文人梁啟超相比，真的只能算是小咖。一九二〇年，從海外留學回國的蔣百里寫了一本《歐洲文藝復興史》，出版前請他的好朋友梁啟超幫忙寫序。梁啟超拿到這本書愛不釋手、驚為天人，他的序一開筆就完全停不下來，最後，竟然用文言文寫出五萬字的長序。蔣百里這本書也不過才五萬字，這個序的篇幅跟書都一樣長了。後來，梁啟超覺得「天下固無此序體」，所以另外寫了短序交差，這五萬多字就出版為他的名著《清代學術概論》，又回過頭來請蔣百里寫序。

梁啟超這種寫序的方式，只能說真的「太狂了」！雖然精采萬分，但是搶了主角的光彩，也完全不合適。總之，我樂於幫自己覺得適合、也喜歡的書撰寫推薦或讀後文字。我的第三本詩集《讀後：王厚森「論詩詩」集》，最大的特色就是將自己讀詩的感想創作成詩（「以詩論詩」），台灣僅有這一本，可見我真的很喜歡寫推薦文！

【思辨與討論】

1. 你認為語言與文字，為何經常無法精確的傳達我們內心的想法？
2. 請分享你在中小學時期，國文學科的學習經驗。
3. 閱讀一本書的時候，你會先讀作者序或推薦序嗎？原因為何？
4. 你比較偏愛紙本閱讀還是電子閱讀？為什麼？
5. 如果有機會讓你幫一本書寫推薦文字，你會希望那是一本什麼樣的書？

【寫作練習曲】

傳統上，作者寫完書，總會有些感想，或想提醒讀者的東西，被寫在前面的稱為「序」，寫在後頭的叫作「跋」。推薦序則是出版社或作者邀請知名人物，來幫書籍推薦的文字，內容有的是讚美，有的點出精采之處，有的則有「導讀」的性質。現在，請試著以三百字左右的篇幅，幫你最喜歡的一本書寫推薦文。

1. 你最想推薦的一本書是什麼？作者的創作背景與經歷上有何特色？

2. 書裡頭有哪些重要的議題？作者提出了什麼樣的觀點或觀察？

3. 書中最讓你最感動或記憶深刻的部分是什麼？對此你有什麼想法？

4. 請運用上述的寫作素材，完成一篇推薦短文。

第16堂

我是國文老師，我討厭國文默寫

這幾年，文史哲學科的學習重心，開始從過去的「默寫」與「背誦」，轉往長文的閱讀與短文的寫作，除了整合進跨領域學科的知識外，「素養」的培植，也是備受關注的焦點。

◆延伸閱讀：

〈學歷史的大用：呂世浩 at TED×Taipei 2014〉演講影片。

前些日子，在一位生物學教授的臉書上，看到他提及年輕時求學的壓力。文章裡特別提到，「國文默寫」在他的學習歷程裡，是非常討厭的一件事！

身為一位大學國文教師，我也不喜歡國文默寫。事實上，國文教育裡（尤其是中小學）是不是應該繼續存在大量背誦的問題，每隔一段時間就會被提出來討論，而且常常「戰得人仰馬翻」。

國文課程的「默寫」與「背誦」

這件事，我想從幾個不同的角度談談自己的看法，但因為只是個人的認知與經驗，所以不能、也無意代表群體。還有，要先提醒大家，身為國文老師，我的國文科學習曾經也是個失敗的例子。用現在的話來說，我以前也是國文科考試的「魯蛇」，魯了好久，好不容易才「止跌翻揚」。

儘管已經到了二十一世紀，還是有不少人對文史哲學科的學習，停留在這樣一個刻板印象：那就是需要大量的記憶與背誦。尤其為了應付各種層出不窮的考試，還得創造出一些琅琅上口的句子幫助自己記憶。像我們那個年代，最經典的地理課本名句，已經過了數十年，資訊都更新了，我到現在還記得清清楚楚：「東北有三寶：人參、貂皮、烏拉草。」

我必須承認，文史哲學科的學習過程，有一些基礎的部分，相當仰賴記憶以及反覆的浸讀（其實所有學科都有，程度不同而已）。課堂上，為了讓學生在有限的時間裡，獲得對這些學科基本的認識，看似最快與最有效的方式，就是要他們先填鴨式的背誦下來，再花時間了解。

台大歷史系的呂世浩教授在流傳甚廣的TED演講〈學歷史的大用〉裡，曾經談到：「現代教育的本質，其實是一種以培養工匠為目標的教育。這樣的教育型態，誕生在工業革命之後。當時，為了填補大量技術人力的空缺，因此在教育上重視的是知識與技能的填塞。對於人之所以為人的道理，以及如何解決人生的難題，基本上是不關心的。」

從上面這一段話，我們不難理解，為何中小學的文史教育會如此重視記憶與背誦。而且說穿了，學校這樣出考題，老師也容易批改，真的比考那種寫起來、改起來都很累，又容易被學生說不公平的申論題，要容易一百倍！

一度狀況外的國文課學習

也因為如此，從小我的國文科學習一直有點狀況外。雖然從小學開始，我就很喜歡閱讀經典，在那個書局還沒有很普遍的年代，夜市常會有攤商販賣各式書籍，當其他的小朋友在找尋美食和玩具時，我卻是一個人埋首在書堆裡尋寶。

當時，夜市的書賣得都很便宜，有時一百元就可以買上四、五本，讀上好一陣子，我對文學閱讀與寫作的品味，就是用這樣的方式培養起來。但是，一旦在考試上遇到需要大量記憶的學科，幾乎就是沒轍。

這個困擾一路從中小學跟著我，到考研究所時都還痛苦萬分，只因我的記憶力一向不好。這樣的學習經驗，一直到了上研究所，整個學習方式轉為更重視思辨、分析、整合的能力運用後，才開始如魚得水的走出屬於自己的路。

就因為中小學國文學科的學習，總不脫離「默寫」和「背誦」，所以我在擔任大學國文教師後，也深切感受到學生們對國文學科由衷的敵意。我在自己的課堂上，從來不考記憶跟背誦，考試經常採用「開卷考」（Open Book），並且用申論題來取代是非題和選擇題。

隨著改革的呼聲，這幾年的國文教育從中小學一路到大學，確實也在積極轉型中。整體的教育模式，也從大幅度的記憶與背誦，轉往長文閱讀與短文寫作的能力培養上。閱讀的素材除了傳統的文學經典外，也整合跨領域學科的知識，更加著重於「素養」的培植。

所以我們會看到，這幾年國文科考試的題幹不斷加長，一份考卷往往超過萬字（可以長達一萬五千字），至於老被稱為「作文」的寫作能力測驗，除了要求學生們學會抒情的表達，也要有說理、辨析和延伸思考的能力。

扭轉文史哲的學習模式

這些轉變，其實是為了迎合時代的需要，希望藉由考試型態的改變，扭轉我們過去文史哲學科的學習模式。當然，在這個無遠弗屆的年代，只要懂得搜尋，整個網路就是龐大的資料庫。學生更該學習與掌握的，應該是：怎樣找資料？如何分辨其「信度」（Reliability）與「效度」（Validity）？怎樣對找來的資訊進行分析、批判與整合？如何從舊有的思維與方式裡，尋找創新的契機？

而後，還要懂得將這樣的成果，運用各種不同的媒介或媒材進行產出，解決眼前面對的各式問題。否則，在很快就將迎來的人工智慧時代中，人類還要如何證明自己存在的價值？

關於「輸出」（Output）這件事，在新一波的寫作教育熱潮中，大家已經開始認知到，寫作並不僅限於語文教育的課堂，而是從科學到各科的教師，都必須要求學生學習與掌握「跨科寫作」的技巧。

作為本國語文教育學科的老師，我們可以做到的是：讓學生在感性與理性的各類文體中，掌握基本的語文應用與推理思考，讓他們在學習不同學科的表述時更快上手。至於，「國文默寫」這件事，我始終相信：只有當國文課程真正擺脫這樣的刻板印象時，國文科的學習才可能獲得一片嶄新的天空。

國文課（16）

@美好的親子共讀與寫作時光

閱讀文本：《一天一篇人文閱讀，養出心智強大的孩子》，金鍾沅著，采實文化出版。

教學目標：引導學生思考從小培養人文素養教育的重要性。

「老師，上次您說閱讀跟寫作素養要從小培養起，然後除了靠學校老師外，父母也要參與，請問這個要怎麼做才好呢？我們家的孩子十二歲了，現在努力加強還來得及嗎？希望可以得到老師的回覆，謝謝。」

週末，睡了一個飽滿的覺後，發現有朋友在我的臉書訊息匣裡留下這樣的訊息。其實，只要是家裡有小朋友的家長，難免都會關注這樣的議題：「父母有心協助孩子閱讀與寫作素養方面的培植，可以怎樣來進行？」

這個問題說來相當複雜，不過既然這位朋友問了，還是決定分享一下最近閱讀與思考的心得，希望對他和他的孩子有所助益。

開啟親子共讀的美好時光

親愛的朋友，首先很謝謝您的來訊。從您的文字，我知道您是一位很有心的家長。為什麼呢？因為您大可以把培植孩子閱讀與寫作素養的工作，丟給學校老師和補習班。您卻願意在日常的忙碌之餘，撥出時間陪孩子，一同進行這樣有意義的活動，我覺得身為您的孩子，是很幸福的。

您的孩子已經十二歲了，從來信看來，他可能還沒有培養好的閱讀、寫作習慣。既然您願意投入，那麼我可以介紹最近讀過、也非常喜歡的一本書給您。《一天一篇人文閱讀，養出心智強大的孩子》（二〇二一）的作者是金鍾沅，韓國知名的人文教育專家，他長期透過寫書、演講、教課、上媒體等方式，推廣人文教育的重要性。他的臉書社團與粉絲專頁有十幾萬人訂閱，既是網紅，也是親子共讀與閱讀素養方面的專家。

他在之前出版的《寫給爸媽們的人文學課》裡，提出過這樣的想法：所謂的人文學教育，其實是父母對孩子表達愛的一種方式，感受到這份愛的孩子，也會為父母帶來幸福。父母若能在日常生活中，經常表達對孩子的愛，那麼孩子將來即使面對種種困境，也能夠有強大的內在與應對能力，去解決眼前的難題。

就像即使我現在已經步入中年，都還記得小時候父母親陪我一同閱讀的時光，那種幸福與美好，不是任何事物可以取代的。金鍾沅這本最新出版的書，正是要寫給從小沒有扎實的人文素養，困惑著要如何帶領孩子進行人文教育的家長們，希望大家明白人文教育的重要性，與孩子一同學習。

人文素養教育的重要性

親愛的朋友，我們知道這幾年來，素養教育逐漸成為各個學科的學習重心。最終的目的，是希望能教出有自主學習與解決問題能力的孩子。要成就孩子的這些素養，除了學校、老師以外，父母也有不少功課要做。

素養教育其實是生活教育的延伸，試想，如果父母整天都在看電視、滑手機，又怎麼寄望孩子會自動變得愛讀書、會寫作？如果父母不能信守自己的承諾，又怎麼能夠期望孩子成為一個誠實、有責任感的人？

父母的身教對孩子所帶來的影響，永遠都是最深刻、持久且有效的，所以，我也很看重親子共讀與寫作的時光。在和孩子一起閱讀、討論的過程中，可以鼓勵孩子表達自己的想法和感受，也能培養獨立思考和自主行動的習慣。至於書寫，則能讓我們感受文字的力量，學習用別人可以理解的方式，表達「自己的話」。

作者在書裡提出一個很簡單的設計：只要每天花十分鐘跟孩子一起閱讀這本書，培養書寫和表達能力，一段時間後，就可以看到成效。每天十分鐘，我想對忙碌的家長跟孩子來說，是能夠長期執行的方案；而素養教育需要的，正是持續而不間斷的努力。

每天十分鐘的不間斷努力

從結構來看，這本書總共設計了五個單元，分別名為「準備跳躍」、「不斷累積」、「表達」、「突破」、「心智鍛鍊」，顯現是孩子們的身心不斷累積、成長的過程。書中收錄了四十一篇有助於提升人文知識與人文素養的「引導式閱讀」，這些文章的篇幅都不長，絕對可以在十分鐘內讀完。

為了完成「讀寫合一」的要求，作者也針對不同課題設計了三十五則「人生金句」，家長與孩子可以在讀後進行抄寫，一同對話跟討論。我非常喜歡裡頭的一些句子，比如：「一般人只會盲目追求速度，但欲速則不達，專業是要靠時間的累積。創意，取決於是否有足夠的時間深度思考。」

另外像是：「當這世界像蘆葦一樣搖擺不定時，我要像石頭一樣穩固堅定。當這世界一直對我拋出誘惑，我要像風一樣自在不受干擾。不管外面的世界如何，都影響不了我。我的人生由我決定，我會按照自己的意志生活。」每天抄寫這些句子，讓人感覺十分的療癒。

我覺得這本書「CP值很高」的原因，還在於它透過這些人文學的經典，帶出親子教養中可能遭遇的難題，像是：「掌握自己的優點與可能性」、「如何培養出內心強大的孩子」、「讓孩子懂得獨立思考的閱讀習慣」、「激發孩子潛能的關鍵時刻」、「讓孩子擁有自主權，生活態度大不同」、「讓孩子學習自律的四種方法」、「面對第四次工業革命，孩子需要創造力」、「為孩子的夢想插上翅膀的語言力量」等，然後一一提出可行的解方。

讓孩子學習掌握自己的人生

舉例來說，在〈如何培養出內心強大的孩子？〉裡，作者告訴我們，想讓自己的內在強大，必須學會兩件事情：一、學會獨立自主，二、學會等待、學會思考。父母必須學習放手讓孩子自己規畫和掌握生活，而不是處處都幫他們安排好，使他們缺乏自主性而顯得懦弱。

其次，就像《別急著吃棉花糖》（*Don't Eat the Marshmallow...Yet! The Secret to Sweet Success in Work and Life*）這本書提到的，**能夠忍著不吃棉花糖的孩子，長大後比較容易成功**。生活在步調快速的社會，我們很容易變得渴望速成，但很多事情的完成都需要時間，所以得讓孩子懂得「等待」的重要性；同時，也要引導他們學會提出問題，培養思考的習慣，這樣自然可以栽培出內心強大的孩子。

現代父母常會憂慮孩子過度沉迷於手機和遊戲，這時採取強硬的手段，往往會帶來反效果。在〈讓孩子學會自律的四種方法〉中，金鍾沅提出了四種方法，協助家長處理這個棘手的問題。

一是，教導孩子們使用原則，清楚什麼時候該玩，什麼時候該停下來。讓孩子學習與手機共處，學會自我管控。二是，讓孩子學習留心生活周遭的一切，開啟思考模式，走出戶外，遠離沉迷的事物。三是，讓孩子了解「投入」與「沉迷」的差別，找尋其他有意義的事物，讓他們學會「投入的快樂」。四是，讓孩子學會製作時間表，協助他們做好時間管理。我認為關鍵性的祕訣，就在於**讓孩子了解自我的價值，並為自己的人生負責**。

親愛的朋友，綜合以上，這真的是一本非常實用的親子共讀與人文教養書。書的最後還貼心附贈了一本「親子筆記書」，讓父母與孩子可以一同進行兩週的自我探索與共寫之旅。所以，我也把它推薦給重視閱讀寫作與人文素養的您，讓我們來陪伴孩子，成就屬於他們自己的人生。

【思辨與討論】

1. 請舉例說明，「國文默寫」對你帶來的助益或困擾？
2. 為何「問題解決導向」（Project Based Learning，簡稱 PBL）的學習方式，會成為新一波教育的重點？

3. 小的時候，父母親有陪你一起閱讀嗎？請分享最難忘的一次經驗。

4. 每天，你願意花多長的時間閱讀呢？最喜歡閱讀的是哪一類的作品？

5. 手機在你的生活中扮演著怎樣的角色？

【寫作練習曲】

閱讀能力是一切學習的基礎，兒童時期的閱讀，在我們的生命中占有重要的位置，這當中不但有厚植的閱讀經驗，也有親子閱讀時光的美好回憶。請以三百字左右的篇幅，分享你在童年時期跟家人一起讀過，印象最深刻的一本書。

1. 中學以前，你跟家人一起讀過，印象最深刻的一本書是什麼？

2. 是誰、在什麼樣的情況下，陪伴你一起讀完這本書？

3. 這本書帶給你最大的收穫與感動是什麼？請描述出來。

4. 請運用上述的寫作素材，完成一篇短文。

第17堂

今天，你想來份工作嗎？

面試是每位求職者必經的歷程。在準備的過程中，除了深具巧思的自我介紹外，也要對想應徵的公司、職務以及相關的薪資待遇等等，有基本的了解。

「各位同學，上完求職履歷自傳寫作的單元後，我們要進行模擬面試的遊戲。」講解完今天的課程內容，我趁著下課前兩分鐘，宣布這項開學時就已經預告的功課。

「請每一組選出兩位同學，擔任這次的求職者。代表的同學請按照我們之前教授的格式，準備好自己的履歷表。我們的假設是，你已經要畢業了，正在找尋大學新鮮人的第一份全職工作。」這時，下課的鐘聲剛好響起。

我用眼睛掃射了一下正在收拾書包，討論起晚餐要吃些什麼的同學，繼續加快速度說著：「每位同學，請記得準備三分鐘的自我介紹。當天，會由老師擔任面試官，也會開放給同學問問題。這是本學期重要的分組作業，我給大家兩週的時間準備，到時候就拭目以待囉！」

技職學生的求職優勢

找到專任工作以前，我有過一段在不同學校間流浪的時光，那幾年的教學經驗教會了我一件事：跟一般大學相比，技職體系的學生對理論的吸收能力較差，但相對的實作能力很好。所以進行知識的傳授與灌輸之餘，就得在課堂上，增加更多的練習與富有教育意味的遊戲。

每次上完求職的應用文單元，我都會特別安排一場模擬面試。儘管我不是人資主管，學生也才大一，還沒有要進入職場（有些同學其實已經打工數年），但是預先的演練，還是可以幫助他們了解不足之處，利用接下來的幾年強化自己。

就我多年的課堂操作經驗來看，學生還滿期待這類活動的。尤其是提到，代表上台的同學可以額外加分，提問的人也可以藉此賺進分數，大家的戰鬥意志就會大幅提升。

依照往例，學生們會陸續拿出自己的壓箱寶。有人在高職時代就精通英、日文，自我介紹時就用上包含台語的四種語言。一些從小學過音樂的，會說自己通過鋼琴檢定幾級，會吹黑管、彈吉他，或專擅哪種舞蹈等等。

電機、車輛類科的學生，有的開過小山貓、堆高機、怪手，有的則是會改車、配線、冷氣配管等等。然後，也遇過學生家裡是經營海鮮生意的，從小到大打工資歷超過十年。

求職選擇面面觀

因為只是課堂上的簡單演練，在穿著上我就沒有特別要求，最多就是花點時間說明，哪些打扮是面試時的地雷，千萬不要掉坑等等。不過，還是會有學生真的穿了西裝、套裝前來，只希望當天可以衝高自己的專業度。

至於職業類別的選擇，我教授的學生主要以工學院和商學院為主。託他們的福，幾年下來，我對相關的職業選擇也了解不少。工科同學的初階發展，主要是各個類型的技術人員、工程師或業務代表；商科的學生則是從行政助理、業務助理、理財保險規畫人員、銀行員、寵物店服務員等等各類型的都有。至於薪資的要求，有的就寫依貴公司規定，也有人乾脆就寫年薪必須百萬。

這時，我會對他們「曉以大義」，要大家盡早去各大人力銀行網站，了解自己期盼的職業與職務需要什麼能力，可以拿到的實際薪資是多少。勸他們雖然夢想很美，但如果真的想賺大錢，要不就得要有傲人的專業，不然就要試著創業當老闆，或了解怎樣進行投資。

當然，課堂上的練習，多少帶點好玩的性質，而不管我怎樣思考縝密，總是會出現讓人哭笑不得的情況。

有一次，我的國文課堂上來了兩位大四的重修生。這兩位仁兄，平常偶爾蹺課，考試成績也不大理想。想說都快畢業了，我就給了他們一個自我拯救的機會：請他們以畢業學長的姿態，參與這次面試活動。這兩位同學一副沒有選擇的模樣，很快就異口同聲的說：「好！」

活動當天，上課鐘聲一響，我就請學生把求職的職務寫在黑板上。這時，我發現這兩位仁兄身穿黑白套裝，寫著要應徵的工作是「生前契約銷售人員」。當場，我實在有些傻眼，不過還是決定讓他們當壓軸，看看葫蘆裡賣的是什麼藥。

那天的活動進行得相當順利，同學們的發問也很踴躍，彼此都有不少收穫。時間來到下課前的五分鐘，我請這兩位同學速速「粉墨登場」。

「面試官好，我們是A與B。今天，想應徵貴公司的生前契約銷售人員。」一個頭瘦長，戴著黑框眼鏡的A君率先開口：「我們雖然沒有相關領域的經驗，但我們兩個人打從內心十二萬分覺得，這份工作實在是太、太偉大的事業。為什麼呢？」

「這是因為啊，不管是生前還是死後，大家都應該要幫自己還有家人，做好充分的準備。所以，你看聰明的人，都很有買保險的觀念。同樣的，生前契約也是在做一個死後的風險控管。」一旁身材較為壯碩的B君，立馬接著答腔。

我不知道他們是從哪裡看來這些的，不過聽起來還真的是有模有樣。

「我們兩人，一心想奉獻這個行業。做過一番澈底的研究後，發現貴公司在台灣的這個領域，是數一數二的龍頭。我們兩個是一起讀書、共患難的好哥們，在銷售上不但可以一搭一唱、相互搭配，也非常了解不同類型客戶的心理。」棒子很快的，又回到了A君手上。

B君比出了一個「讚」的手勢，順勢回應：「是的，我們會針對客戶的不同想法與預算，進行相關的推薦與配搭。讓每一位上門的客戶，都能找到最符合自己需求的產品，感受到我們最頂級、最賓至如歸的服務。」

「最後，在這個景氣很差的年代，能夠有一份工作，既可以穩定生活，又能夠讓我們一展抱負，貴公司就是我們最好的選擇。所以，懇求面試官給我們一個機會，讓我們為公司、為大眾、為民族社稷，一同來奉獻努力！」

A君說完的時候，底下同學們掌聲如雷貫耳，連我都被他們唬得一愣一愣的。一時之間，也不知道該問什麼問題好。這時，下課的鐘聲剛好響起。我見勢趕快大聲喊著：「謝謝這兩位同學精采的表演，我們就下課吧。」

經此之後，我更加確信，高手來自民間，千萬不要小看平日表現不怎麼樣的學生，說不定他們都有自己的兩把刷子呢！

國文課（17）

@商管世界裡的人性洞察與處世智慧

閱讀文本：《銀光盔甲：跨國金融家三十五年的人性洞察》，吳均龐著，寶瓶文化出版。

教學目標：引導學生觀察與思考商業思維裡的人文關懷。

◆延伸閱讀：

〈2017-07-06 漢聲廣播電台「fb 新鮮事」節目：《銀光盔甲》新書介紹、吳均龐專訪〉電台訪談。

「老師，你不是讀中文系的嗎，怎麼懂這麼多商業知識啊？」

那天我剛走進教室，平常就喜歡跟我搭話的妳，突然問了這個問題。

「我沒跟大家說過，為什麼跑來教你們班的國文課嗎？」我記得每次開學自我介紹時，都會先講一下跟這個商管科系的淵源。

「老師，沒有耶，你一定是漏講了啦！」妳好像抓到什麼小辮子似的，高興到把水杯裡的水弄了一地。

「我真的沒有講過嗎？莫非是我的初老現象出現了？」我抓了抓頭髮，想半天也想不出來到底自己有沒有說過。

「沒有喔，老師。」旁邊的同學附和著。

「好吧！是這樣的，我上你們系的課，已經有超過十年的歷史！一開始也是誤打誤撞，教了幾年後覺得互動挺好的，就繼續教下去了。另外，我在學生時代對商業類的知識就很有興趣，自己也有保險跟理財規畫人員的證照，所以來教商科的國文，應該還蠻適合的吧？」

「老師，這樣也是一種跨領域耶，只是……沒有跨得很遠。」平常和妳一樣喜歡跟我一搭一唱的女同學說著。

「要跨得很遠嗎？那好，今天開始上課前，我就先來介紹一本商科人該讀的好書吧！」

跨國金融家的人性洞察

喜歡閱讀的人，手上總會有幾本書，每隔一段時間就要拿出來翻閱一番。這些書陪你的日子不見得長，也不一定是初讀時就讓人熱淚盈眶，但你很清楚知道，它們在你心中的位置。今天稍早在研究室時，我正好在翻讀這樣的一本書，它是吳均龐（James Wu）所寫的《銀光盔甲：跨國金融家三十五年的人性洞察》。

曾經擔任過美商、德籍銀行總經理的吳均龐，三十一歲就躍升為外商總經理，在三十五年的金融資歷中，每隔幾年就被調往世界的另一端，與跨文化、跨國籍的夥伴們合作。位居高位的豐富經歷，以及處理諸多人事時對人性的洞察，讓他在退休後選擇以喜愛的著書方式，分享職場上的處世經驗與智慧。

這本書在二〇一七年買來後，已經翻讀不下數十次，後來又買了電子書，方便可以隨時複習。除了因為裡頭所描繪的商管世界，是我陌生且感到好奇的，也在於其小說筆法相當寫實而動人。整本書讀來，沒有商業上的爾虞我詐，取而代之的，是更多人性的關懷與應世之道。字裡行間也讓人深刻感受到，那藏在「銀光盔甲」底下的，是一顆溫暖而火熱的心。

在課堂上，我常對學生說，跟煩人的說教比起來，故事更容易勾起眾人的欲望，或達成說服的目的。這也就是為什麼，日常生活可見的廣告、行銷、溝通或表達，都非常仰賴「故事力」的展現，學會讀故事跟說故事，對整個職涯跟人生，都會帶來不小的助益。

金融世界裡的生命哲學

這本書非常吸引人的地方，就在於裡面描繪的人物與他們的故事，都非常具有特色，在波濤洶湧的金融圈裡，也發展出各自不同的生命哲學。

〈賽狗的哲學〉中，來自澳洲卻操著一口熟練日語的丹卡，擔任投資銀行風險管理的「中台」（Middle office）主管[7]，他對「前台」（Front office）不強壓，對「後台」（Back office）有耐心，其溫吞、圓融的個性，源於從小養殖賽狗所獲致的「賽狗哲學」：「不要是最快、最慢、最聰明的狗，才是最幸福的狗。」

〈猶太小子〉裡的猶太人柯恩，大學畢業剛一年，做事相當積極，也有很好的協調能力，在工作上充分利用自己的優勢闖出一片天，還抱得美人歸，這全賴於他所信奉的信條：「人生每一步，都應該是計算過的。」

〈樸實的富翁〉中，那位全美納稅前十名的耐德先生，非常儉樸的穿著一條重複補丁過的褲子，他洞悉投資的機會，也明白人我之間的界線，在離去之前帥氣的說：「我們可以友好，但我們不是好友。」

書中所收錄的十三個故事，每一篇都很適合拿來當作商業上的案例，或是給商科同學上的「敘事力」（narrative）文本。如果說，這裡頭有什麼最值得推薦的篇章，那就是描寫建築師Monty的〈大隱於銀行的建築師（相識）——台北〉與〈大隱於銀行的建築師（重逢與永別〉——〈紐約・東京〉這兩篇文章了。

與 Monty 的忘年之交

Monty 是一個出生在新加坡、廣東籍的建築師，隱身於跨國銀行中，以其溫柔、包容與洞悉人性的心，在冰冷的數字後，用他的智慧解決種種遭遇的難題。兩人最初的相遇，是大了十多歲的 Monty 從紐約飛來台灣，協助 James 規畫裝修新投資銀行的辦公室，一頓午餐，開啟了他們將近二十年的友誼。

這麼長的友誼要怎樣描寫？作者抽出了其中相當具有代表性的幾個事件，運用靈活生動的對話與描述，以「用演的」取代單調的敘述，告訴我們，他們之間是怎樣的惺惺相惜，以及 Monty 是如何傾心相助。

第一次，是兩人相識半年後，作者為了在空間的安排上，滿足合資證券公司董事長的要

7 投資銀行依照跟客戶的接觸程度，可以分為「前台」、「中台」、「後台」三個部門。「前台」負責爭取客戶、銷售產品，和客戶與外界的接觸最為密集。「中台」則是針對市場狀況與內部資源，進行各項業務發展策略的擬定，為「前台」提供指引，並進行風險控管。「後台」是銀行的支持與支援部門，在財務、IT技術上提供協助，確認交易的真實性、合理性，並處理清算交割。

求，答應對方可以自由選擇辦公室的家具。結果在溝通的時候，因為「古典」與「古董」家具的一字之差，付出將近五百萬港幣的代價。當大批黃花梨木家具從香港運來的那一刻，James 才發現自己闖了大禍！

Monty 聞訊後前來救援，他透過靈活的溝通與策略運用，藉由鑑價報告書，以藝術收藏投資的名義，將家具納入公司的資產，才解決了這個棘手的問題。這個事件完全可以用來跟學生說明，**語言文字表達的精確與否非常重要，尤其在某些關鍵的時刻，這樣的「一字之差」就有可能害自己萬劫不復！**

第二次，是多年後作者被調派到東京，負責處理當地銀行人事與業務的調整。Monty 為他繪製了一張「東京人物誌」，分析日本同事的管理風格與人事傾軋，後來還神救援的，幫忙解決了一個跟三菱地產間，麻煩的商業大樓租約問題。其中不但可以看出日本人做事獨特的風格，也能感受到 Monty 對 James 的提攜，以及圓融的處事智慧。

商業思維裡的人文關懷

可惜，這樣的 Monty 在六十歲退休後，不到兩年就罹患兩個癌症，一天夜裡很安靜的離開了。人世的無常，教會我們的就是珍惜。故事的最後，作者到新加坡出差，「特別去了之前 Monty 推薦的飯館，吃了一份海南雞飯。」

他憑弔著老友，也告訴我們：**商業思維的背後，終究不能缺乏人文的關懷，因為說到底，還是在處理「人」的事。**

「老師，那個『銀光盔甲』，指的是西裝嗎？」妳天外飛來一筆的問了這樣的問題。

「呃，這應該是一個形象化的用法，妳可以把它當作是一種『世故』的比喻。」雖然我也想過這個問題，不過腦筋還是差點轉不過來。

「大家有機會，去找這本書來看，相信你們一定會喜歡的。」雖然我說得斬釘截鐵，但我也不知道，是否會有學生真的找書來看。如果有人真的讀了，下次我該問問，最喜歡的文章，是不是那兩篇？

【思辨與討論】

1. 你認為，什麼是求職履歷表上最重要的欄位？為什麼？
2. 新鮮人在求職時，有哪些是他們經常考量的因素？
3. 你有什麼樣的人生哲學或座右銘嗎？這樣的觀點或想法，如何影響你對許多事物的判斷？
4. 你有一段很珍貴的友誼嗎？請跟我們分享這樣的經驗。
5. 你覺得故事裡的「銀光盔甲」，指的是什麼呢？

【寫作練習曲】

有時，我們會在媒體上看到「進行一個XX的動作」之類，沒有意義的冗詞贅字，充塞在媒體及許多人的口中，像癌細胞不斷蔓延開來。很多人可能不知道，在很多場合，如果語言文字用得不精確，甚至錯誤百出，可能會有損你在別人心目中的印象。請以三百字左右的篇幅，書寫自己錯用文字或語言的慘痛經驗。

1. 你曾經說錯或寫錯過什麼樣的話，為自己帶來了慘痛經驗？

2. 是在什麼樣的時間、地點與情況下，發生這樣的事？

3. 後來你用了什麼樣的方式，解決這樣的危機？

4. 請將以上的寫作材料，組織整理成一篇短文。

第18堂

一封令人感傷的課程加選信

讀大學的時候，你都是怎樣選課的呢？現實的情況是，有些課大家趨之若鶩，有些課則避之唯恐不及。想選上自己鍾愛的課，有時真的得費上一番功夫。

那天收到妳的 E-mail 時，窗外正下著細雨，許久未曾潤澤而乾裂的大地，頓時有了一線小小的生機。

每個學期剛開學的前三週，是大學老師們最焦頭爛額的時刻，一方面要讓所有新舊課程，在短時間裡就位；另一方面也要處理學生不斷湧來的加退選信函，以及確認最後的修課人數與名單。

爆量的通識選修課

這幾年，我在負責的大一國文外，又開了「寓言與人生」的通識選修課。最初會開設這樣的課程，是因為學生希望在大一之後，有機會可以繼續跟我在課堂上互動。剛好那陣子，我對文言文的寓言故事，以及它們所能引發的生命思考，特別有興趣，也就順了學生們的意，規畫出這樣的課程。

雖說是如此，但每個學期開課的時間，還是隨著排課的情況有所調整，我的學生未必都可以前來選修，幸好還是有其他人願意捧場，也就沒有少於二十五人而停開。但是令我不解的是，從兩年前開始，不知為何選課的人數突然暴增？我的學生常常選不上跑來跟我抱怨，希望可以幫他們額外加簽。

有一次，一個在課堂上跟我比較有互動的工科同學，還特意截圖傳給我看，在課程預選的第一個下午，這門上限五十七人的課程，有一百六十幾人想選。為此，我還註冊了帳號，溜去學生經常出沒的Dcard，偷偷探訪了一下民情。結果發現，有學生幫我取了一個「國文彌勒佛」的稱號，文中還特別強調「老師很佛心」，修這門課會有「特別的收穫！」

想當年，還在東海讀大學時，選課用的還是2B鉛筆畫卡的紙本。系上的學長姊平常就會「諄諄教誨」，哪位老師是名副其實的「大刀」，誰的課輕鬆快意，不會有「生命危險」。然後，每到選課前夕，就會有同學揪團在前一天大半夜跑去系辦門口，像排演唱會門票一樣擺好椅子等待，只為了在第一時間選上堪稱甜美的課程。

一年多後，數位化正式進軍各大專院校，學校也順應潮流把選課改成電腦作業。從此，徹夜排隊的景況不再。學生只要在期限內上網填好志願，一切就交由電腦亂數處理，公平、公正、公開。

當然，網路選課的結果也不是人人都能滿意，萬一真的選到不想上的課程，或是出現衝堂等狀況，學校還是安排了「手動加退選」的機制，讓老師跟學生們可以再做一次「拉鋸戰」。於是，就又出現了這樣的景象：有些老師的課在一開學時，就有大批學生湧入課堂，或來信詢問加簽事宜。

突如其來的課程加選信

要不要多收學生，老師們各有各的考量。有些老師比較「佛心」，在教室桌椅能夠容納的情況下，願意多收幾位學生；也有老師認為課堂品質的維持很重要，反而會鼓勵學生退選。大抵來看，額外加簽的名額都不會太多，真的想拿到「入場券」的同學們，就只能各憑本事了！

那是開學的第二天，我正在核對各個班級選課的人數。點開妳名為「懇請老師加簽『寓言與人生』通識選修課」的信件時，我讀到了這樣的文字。

老師您好：

不好意思打擾了！

我是XX系四年級的C同學，今日聽完您的課程講解後，平常對文學與創作十分有興趣的我，深深的被吸引著。

現在我的創作以小說為主，也會透過一些文言文的作品，學習其中重要的精華。

我希望能夠藉由老師的這門課，精進自己說故事的能力。一方面深入了解故事的寓意與寫作手法，靈活的運用在我自己的創作上；另一方面也可以學習背後的人生道理和智慧，幫助自己更加的前進。

衷心期盼老師能夠給我這樣的機會，也謝謝您抽空閱讀此信。

祝　平安喜樂

學生C敬上

在這裡教書多年，也協辦多次校園文學獎，但我還是第一次收到這樣的學生來信。欣喜之餘，我立刻在第一時間回了短信。

C同學好：

沒問題，身為資深文青的我，可以為妳保留一個名額。

文仁老師上

隔週上課時，掛著一頭烏黑長髮、面目清秀的妳，果然拿著選課單前來，也順利完成了加簽手續。那一天，我真心覺得，這是一樁再美好不過的事，也期盼後續能夠在課堂上看到妳精采的表現。

讓人感傷的結局

不過，漸漸的我發覺，這似乎只是自己的一廂情願。妳在來過幾次後，就開始間歇性的缺課；就算有來，也常不發一語地待在角落，陷入沉思。一開始，我以為是自己上得不夠精采，讓人失望了；後來，側面詢問系上的同學，才知道妳會在課堂上缺席，至於喜歡寫小說，好像也不是那麼一回事。

那，那封信的內容，又是怎麼來的呢？

基於尊重的理由，我不好去問，也不敢去問。

就這樣，課程慢慢進行到了期末。這中間妳在分組報告時，認真完成了自己的本分；該考的考試，也都沒有少掉。但整體上課的情況，依然沒有太大的改善。再次詢問系上的同學，也得不到一個確切的答案。那時，我大概就明瞭是怎麼一回事了。

成績結算時，妳的分數剛好落在及格邊緣，這一度讓我感覺到困擾，最後還是決定，照課堂規則來做處理。我記得送出成績的那天，窗外一樣下著毛毛細雨。內心深覺，這應該是我遇到最憂傷的一次加簽了。如果，下次又收到類似的加選信，我不知道現在的我，到底會說好，還是不好。

國文課（18）

@生命必修的最後一堂課

閱讀文本：《最後十四堂星期二的課》，米奇·艾爾邦（Mitch Albom）著，大塊文化出版。

教學目標：引導學生思考生命的意義、價值與必經的人生功課。

◆延伸閱讀：

〈果陀劇場《最後十四堂星期二的課》精華演出片段〉影片。

〈One Minute Fly（official）〉動畫影片。

「老師，你常常說閱讀很重要，能不能分享一下你讀過最多次的一本書？」週二早八的課堂，學生都還揉著惺忪的睡眼，坐在講桌前剛吃完美味蛋餅、準備好要上課的你，問了我這樣一個問題。

「國文課本嗎？我每年都在上啊，讀到都快爛了。」我拿出教材，準備開始上課。

「不是啦，應該是說，有沒有一本書你讀過很多遍，然後對你影響很深？」

「對啊，老師有沒有啦？」坐在你身後的同學，趕快跟著附和。

「有，你們真的想知道嗎？那好，我們就來聊一下影響生命最深遠的一本書。」

其實，我怎會不知道學生們在打什麼主意。當過學生的人都明瞭，他們就是不想要那麼快進入正式課堂，希望多聽老師講點故事。

影響生命最深遠的一本書

「這本書對你們來說可能有一點久了，不過，是我在大學跟研究所時期讀過最多次的一本書，後來還寫了一篇關於它的小論文，書名就叫作《最後十四堂星期二的課》（*Tuesdays with Morrie*）。」

「剛好我們也是星期二耶，我們有十八堂啦，蹺幾次再扣掉期中、期末考，就變成十四堂了。」坐在最後面角落、穿白色潮T的學生聽到「星期二」這個關鍵詞，突然興奮起來。

「『最後』聽起來，好像是要死掉了？」你轉了一下頭後，跟著接話。

「嗯，說起來這是一本『生命之書』，你們真的想聽介紹嗎？」

「好啊，老師大學時代看的，我們應該也可以看吧。」坐在第一排最前面的女同學點了點頭說著。

「好，那我們就先來談談這本書，講完再繼續上課吧。」

記憶帶著我往回走，時間一下子回到二十幾年前。

這本書完成於一九九七年，一九九八年中譯版出來的時候，我已經大學畢業了。當時剛考上研究所，歡欣之餘，對於人生還有諸多迷惘。第一次在書局看到這本書，第一眼就覺得非常驚豔，封面的書名底下印了這樣的一行字：「第四堂課，他說：『學會死亡，你就學會活著……』」

那時候的我，對於「生與死」的議題非常著迷，就因為這幾個字，把書帶回家，沒想到從此開啟了二十幾年的「不解之緣」。

了解死亡，你才懂得活著

本書的作者米奇．艾爾邦（Mitch Albom），是美國《底特律自由報》的知名體育記者，曾經被「美聯社」十度票選為最佳體育專欄作家。大學時代，他原本懷抱著理想，想成為一位鋼琴家。但是離開校園多年，始終沒有辦法完成當時許下的夢想。儘管，他找到一個讓人羨慕的記者工作，也成了家、有了漂亮的老婆，但是內心總有著無法填補的遺憾。

直到有一天，在電視上看到大學時代最喜歡的老師莫瑞（Morrie），訴說著自己正在步向死亡前的生命思索，他許久未曾被觸動的心，才又找到了新的寄託。因為美式足球罷賽的緣故，他前去拜訪昔日的恩師，卻發現莫瑞罹患「肌萎縮性脊髓側索硬化症」（ALS），正一步步失去生活的能力，逼近死亡。

在莫瑞離開人世前的每個禮拜二，兩個人進行了十幾次生命交談。這本書的開頭，我們可以看到這樣的〈課程說明〉：

> 我老師一生所教的最後一門課，每星期上課一次，地點在老師家的書房窗邊，窗外可以看見一株木槿，粉紅色的葉子落地紛紛。每星期二上課，早餐後開始，課程可以稱做「生命的意義」。老師用他的人生經驗來教。
>
> ……
>
> 沒有期終考，但要寫篇不短的報告，討論你所學到的事。我的報告就是這本書。
>
> 我老師一生最後一門課，只有一個學生。
>
> 這個學生就是我。

時間是一九九四年，距離米奇大學畢業，已經過了十五個年頭。這遲來的一門課，他是唯一的學生，也是老師生命智慧的最後見證者。

他們重逢的時候，莫瑞的ALS已經來到了末期，這種病會從腳開始，逐漸把神經熔化掉，最後身體就像是一灘蠟，完全無法動彈，只能靠一根氣切的管子呼吸。

莫瑞並不因此萎靡不振，他選擇不虛矯的面對自己的死亡。儘管，不免有恐懼、脆弱、掙扎與不捨的時刻，卻也有掙脫這些情緒束縛後，洞澈人生的清明與感悟。米奇回到熟悉卻已蒼老的老師面前，在一次又一次敞開心胸的對話中，莫瑞柔化了他因為世故而僵化的心。

最後十四堂的生命故事課

這十四堂課談論的議題非常廣闊，從愛、工作、社區、家庭、年老、寬恕、一直到最後的死亡，無一不牽動著我當時年輕、卻又過於老成的靈魂。

在〈第八個星期二　金錢無法代替溫柔〉中莫瑞說：「這些人都是渴望為人所愛，才拿這些東西做替代。他們擁抱物質，以為這樣自己就獲得擁抱，但這樣做沒有用。物質的東西永遠無法取代愛，或是親切，或是同胞手足之感。」因為愛，而不是物質，才是我們這一生中最重要的課題。

另外，〈第十個星期二　婚姻〉中的這一段話，也一直被我奉為圭臬：「我知道愛情與婚姻有幾條不變的法則：如果你不尊重對方，你會有很大的麻煩。如果你不懂得如何折衷，你會有很大麻煩。如果你們之間不開誠布公，你會有很大的麻煩。而如果你們生命沒有相當的共同價值，你會有很大的麻煩。你們要有相近的價值觀。」這告訴我們，價值觀相近的人，才得以創造出永恆的愛！

然後，讓當時的我印象最深刻的，是他在〈第十一個星期二　不要為文化所欺騙〉裡的這一小段文字：「我們人類最大的弱點，是短視近利。我們不去看我們的長遠未來。我們應該著眼於我們的潛能，努力達成所有的目標。」

年輕時的我好勝逞強，很多事情也急於速成，重重摔過幾次跤後，才開始懂得把眼光放遠。多年後（二〇〇五），當我第一次看到蘋果前執行長史蒂夫．賈伯斯（Steve Jobs）對史丹佛大學畢業生的演講影片時，結尾跳出的一句「Stay hungry, stay foolish.」也讓我心有戚戚焉，認真思索著生命的步伐。

這些年來，我一直認為這本書非常值得、也適合大學生閱讀，我的應外系同事W學長，也把它當作是一門課的教材，設計了「圖繪自我」與「墓誌銘寫作」等單元作業。我自己也很想把它當作上課教材，可惜就是沒有機會。

「老師，雖然我們也很想聽聽看，這本書怎麼解釋『愛』，不過到底什麼是『學會死亡，你就學會活著』啊？置之死地而『厚森』嗎？」學生的問題，一下子把我的思緒拉回了現在，他們知道我的筆名是「厚森」後，就常藉機開我玩笑。

死亡是我們最偉大的老師

「為什麼我剛剛說這是一本『生命之書』呢？大家可以試著去想，如果生命是沒有盡頭的，永遠都不會死，那麼活著的每一天，對我們有什麼樣的意義？」

「就是因為知道生命終究會有結束的時刻，我們才懂得珍惜活著的每一天。儘管大家都很討厭提到，或是怕去面對『死亡』，但事實上『死亡』才是我們最偉大的老師。」

「原來是這樣，難怪老師之前會出那個作業，要我們假設自己只剩下最後一天可活，看看會去做哪些事。」

「對啊，結果你們看，自己都寫出些什麼來了？一點都不甜美溫馨啊。」

眼前的這一群大男生，離「死亡」這種議題都還太過遙遠，我不知道跟他們介紹這樣一本書，他們能夠了解多少。說來，我自己也是三十歲過後，親人相繼罹患重大傷病，面臨多次生死交關後，才有了這麼深刻的體會。人生的課題沒有自己遇上，總是隔一層紗似的，很難有真正的同感。

「好啦，我們繼續上課吧！」我迅速打開課本，內心卻也不無期盼著，自己剛剛種下的心靈種子，會有開花的一天。

【思辨與討論】

1. 如果你是通識中心的老師，你會想開一門怎樣的通識課？為什麼？
2. 你用過學生們經常出沒的 Dcard 嗎？曾經觀察到哪些特別的現象？
3. 在你的生命中，最有意義與價值的一本書是什麼？它為你帶來了什麼影響？
4. 你曾經上過印象最深刻的一門課是什麼？它為你帶來了什麼樣的啟發？
5. 假如有一天你走到生命的終點，你希望在自己的墓碑上留下什麼樣的墓誌銘？原因為何？

【寫作練習曲】

人生苦短，時間不會等人，人生中有很多事情是自己無法掌控的，但我們卻可以掌控自己，可以決定要把時間花在什麼地方，決定要做哪些事，讓自己的人生活得漂亮。如果，你的生命只剩下最後的二十四小時，你會安排規畫做哪些事情呢？請以三百字左右的篇幅，寫下生命最後的紀事。

1. 當生命只剩下最後一天時，你的心境跟感受會是如何？

2. 你還有哪些未完成的心願想要完成？

3. 請寫下三到五件，在二十四小時裡頭可以完成的事。

4. 請將以上的寫作材料，組織整理成一篇短文。

INK PUBLISHING

Magic 27

閱讀寫作公開課

——大學老師神救援，國文上課不無聊！

作　者	王文仁
總編輯	初安民
責任編輯	林家鵬
美術編輯	黃昶憲
校　對	王文仁　吳美滿　林家鵬

發行人	張書銘
出　版	INK 印刻文學生活雜誌出版股份有限公司 新北市中和區建一路249號8樓 電話：02-22281626 傳真：02-22281598 e-mail：ink.book@msa.hinet.net
網　址	舒讀網http://www.inksudu.com.tw

法律顧問	巨鼎博達法律事務所 施竣中律師
總代理	成陽出版股份有限公司 電話：03-3589000（代表號） 傳真：03-3556521
郵政劃撥	19785090　印刻文學生活雜誌出版股份有限公司
印　刷	海王印刷事業股份有限公司

港澳總經銷	泛華發行代理有限公司
地　址	香港新界將軍澳工業邨駿昌街7號2樓
電　話	852-27982220
傳　真	852-27965471
網　址	www.gccd.com.hk

出版日期	2021年 12月　初版
ISBN	978-986-387-511-6

定　價　350 元

國家圖書館出版品預行編目資料

閱讀寫作公開課：
大學老師神救援，國文上課不無聊！
/王文仁著 --初版,
新北市中和區：INK印刻文學, 2021.12
面；公分.（Magic；27）
ISBN 978-986-387-511-6（平裝）
1.漢語教學 2.閱讀指導 3.寫作法
802.03　　110020330